丁柯小密探
系列

手機和麥當勞套餐之謎

——著

一部全台灣大人與小孩都推薦的精彩小說

【大人們的推薦】

以小學校園為背景的偵探冒險故事，取材日常卻不平常，童趣洋溢的敘事中帶點世故老成，即便是早已遠離當孩子的無憂時光，這部作品仍帶給我極大的閱讀享受。仔細想想，被一件謎案吸引，進而想扮演起偵探角色、想搶先故事主角找出真相答案，這種樂趣本該不分年齡的，不是嗎？《丁柯小密探系列——手機和麥當勞套餐之謎》是大朋友、小朋友可以共讀的、魅力滿點的故事，好想問問讀完小說的孩子們：你們也有生活上的問題與煩惱想找丁柯學長幫忙嗎？

——推理評論人　冬陽

雖然台灣翻譯了不少給中小學生看的各類推理故事，但是本土創作的少兒推理仍然屈指可數。很高興右晴加入少兒推理的行列！

——兒少科普作家／推理評論人　張東君

十九世紀末、二十世紀初，英國出版了《小兔彼得》一系列的童話小書，不僅瘋迷英國男女老少，也深受美國人喜愛。而這些故事背後的創作者是一位極富童心，才華洋溢的女畫家——碧雅翠絲·波特小姐。在那個保守封閉的年代，儘管她擁有科學天分，且多才多藝，但她畢竟是個女性，既然無法在事業上出頭，於是藉由創作找回自信和自我。而近期秀威少年即將刊出「丁柯小密探系列」，是為國中小學生寫的偵探益智小書。這本書的作者——我任教精誠中學的學生，是一位聰慧熱情、才識過人的女孩。她讀自然學科，轉戰產業行銷，兼職美語教學，是一位很成功的職場達人。但職場上的競爭壓力讓她萌生寫作的念頭，就像波特小姐藉由創作突破客觀環境的限制一樣。在創作中，可以毫無拘束徜徉在文字的魔力，特別是書中孩子的單純天真，即使做了壞事，仍保有良善的初心。所謂「寓教於樂」，太多的說教反而會帶來反效果。如果藉著大孩子小孩子都喜歡的偵探小說，就像這系列的第一本書《手機和麥當勞套餐之謎》，間接帶出「誠實」、「親子溝通」、「健康飲食」等關鍵話題，不僅看出作者熟諳兒童心理學，其不落斧鑿刻痕的功力更是了得。波特小姐起初「無心插柳」，但她精心經營，創作不輟，至終「柳成茂蔭」，在此也期許作者能寫出更多佳作，嘉惠莘莘學子，讓台灣兒童通俗小說能更上一層樓。

——台北市大安國中教師　楊馥如

本文在風格與故事鋪陳下足功夫，從第一頁開始，似乎就能讓我們一下子滑進了屬於主角李威森的「霹靂世界」，而進入到密探的情節之後，作者也在趣味和懸疑、平凡與獨特中找到平衡，讓人雖欲一窺結局，卻仍願意耐著心思循著作者的鋪陳看下去，是本吸人眼球的精彩小說。

——南投縣旭光高中附設國中教師　柯翠嵐

這本小說對於孩子來講，真是非常貼近他們的生活面！情節的轉折、鋪排也令身為大人的我想趕快找出——「到底是誰偷了何宜慧的手機」。在此預祝丁柯小密探的發表順利圓滿！

——台南市永安國小教師　蔡蕙珊

【孩子們的推薦心得】

這丁學長神機妙算，非常靈敏！整個故事隱藏了許多神祕的感覺！丁學長的推理十分有趣，他的夥伴明察秋毫，雖然遲到但是卻無意之中發現案子的線索，在整個案情有非常大的轉折點，也結束了整個案情。丁學長的推測鉅細靡遺，這本最後面描繪霹靂好！

——彰化縣花壇國中二年級學生　吳孟庭

在丁柯小密探系列當中的手機和麥當勞套餐之謎，充分反映在校園中同學間會發生的「偷東西」這件事。而最特別的地方在於「找出兇手的人」——和我們在學校裡不一樣——因為找出兇手的任務，竟然是靠較高年級的同學解決。這個系列小說還滿適合國中小的學生看！內容簡單，作者也清楚詮釋了整個情境！

——彰化縣花壇國中二年級學生　賴冠潔

人物說明

華威國小人物		說明
二樓 四年七班	呂忠林	帝境美語第七級。
二樓 四年八班	蔡姿芳老師	四年八班班導師，綽號蔡閏老師。
	蔡明哲	帝境美語全民英檢班。
	何宜慧	手機失主，帝境美語第五級。
	柳雯倩	坐在何宜慧旁邊，何宜慧的好朋友之一，帝境美語第五級。
	李威森	本文主角，偷竊何宜慧手機的頭號嫌疑犯，帝境美語第五級。
	陳育中	李威森的死對頭。
	王佳佳	何宜慧的班上好朋友之一，帝境美語第五級。
	楊益廷	李威森班上的好朋友兼損友，帝境美語第五級。
	周婷	四年八班班長，坐在何宜慧前面。
	蔣佩慈	周婷班長的好朋友。

二樓 五年一班	蘇麗英老師	五年一班班導師，華威國小的明星老師。
	林俊廷	帝境美語第七級。
	廖雨萱	
	林莉雅	
	莊芝寶	莊炫博的妹妹，帝境美語第五級。
	趙柏含	五年一班的三朵花之一，國語朗讀比賽冠軍，帝境美語第五級，在美語班與王佳佳很要好。
	施秀瑩	帝境美語第七級。
	許冠美	五年一班的三朵花之一，英文朗讀比賽冠軍，帝境美語第七級。
	莊可菲	五年一班的三朵花之一，書法與作文比賽雙冠軍，帝境美語第八級。
三樓 六年四班	劉武雄老師	六年四班班導師。
	丁柯	華威國小出名的小密探，帝境美語全民英檢班。
	莊炫博	丁柯的搭檔好朋友，帝境美語全民英檢班。

目錄

第三部　曙光初現

第一部

事件發生

一月十二日星期一

1

這個月是我霹靂黑皮（happy）的一個月了！我的爸爸去大陸出差，我的媽咪去美國受訓，所以，我可以暫時去住在小阿姨家。我總共有三個阿姨，每個阿姨都霹靂疼我。我最喜歡去的是小阿姨家，因為小阿姨霹靂會做甜點，她會烤超級好吃的餅乾和蛋糕給我吃，我敢打賭你一定沒有吃過那麼霹靂好吃的甜點；小阿姨家只有一個兩歲大的小表弟，他絕對不會跟我搶電視看，也不會跟我搶電腦時間，而且他都在媬母家居多，小阿姨會讓我盡情地看電視與玩電腦遊戲；最重要的是，小阿姨比較客觀公正，她都不會限制我吃零食，也不會罵我，所以，我霹靂喜歡與霹靂黑皮可以去住在小阿姨家的！

這個月，我再也不用一回到家，就馬上關到自己的房間裡去寫作業，我霹靂無比討厭寫作業，每天放學後，我都想要趕快寫完，然後趕快去看電視。這個月，我愛吃什麼零食就可以吃，沒有媽咪會一直念我——說我不能吃這個、不能吃那個，然後，還會限制吃幾包。你們最常說的口頭禪是什麼？我最常說的口頭禪就是用「霹靂」加上形容詞或副詞，「霹靂」是我所發明的國語專用的「程度副詞」。「帝境美語」的卓老師，她說程度副詞可以用來形容形容詞與副詞，這是她所再三強調的文法概念，我記得霹靂無比熟的，所以，我就把它發揚光大應用到國語。例如：今天真是霹靂開心的，這時候的「霹靂」就是修飾「開心」這個形容詞，但是，口語化中，我更常用英文的「黑皮（happy）」來取代中文的「開心」；再例如，他跑得真是霹靂快的，這時候的「霹靂」就是修飾「快」這個副詞。呵呵，我霹靂會舉一反三吧！你們最常吃的零食是什麼呢？我最常吃的零食之一是「棒球麵」，你們不會不知道我說的是什麼吧?!它的包裝袋是黃色的，然後上面印有一顆棒球選手在揮棒球，名稱是「統一脆麵」，就是像科學麵一樣的那種零食，我都叫它棒球麵，我霹靂愛吃的。每天學校下課的時候，我就會跑去買棒球麵，棒球麵配上胡椒粉霹靂好吃的，而且不是只有我愛吃喔，我們四年八班的全班同學都愛吃；每次我在吃的時候，同學就會跑過來跟我要，要我倒一些給他們吃，尤其是坐在我旁邊的楊益廷。雖然他是我的好朋友，但是為了要吃棒球麵，他就會變得很可惡，專門用一些我的小把柄來威脅我，要我分半包給他吃。

我媽咪不喜歡我吃棒球麵，也不喜歡我喝飲料。

「你太胖了要減肥，而且，吃太多零食與喝飲料會傷腎。」她總是這麼說。

可是，我每天照鏡子，我覺得自己並沒有很胖呀，雖然老師們也說我的體重已超重。我是男生，身高一百四十公分，體重才五十公斤而已，這樣子有很胖嗎？為什麼這樣就被稱為是超重呢？我覺得如果是女生這種體重的話就太重了，但是，如果是男生的話，應該還沒關係吧?!我是我們班倒數第三重的，我們班還有人比我更重的，他們都六十幾公斤，我覺得像那種的才是真正要減肥哩！而且，說會傷腎也太誇張了，我只有十一歲，才念四年級而已耶，腎還很健康，怎麼可能吃一點點零食就會傷腎呢？我媽咪就是這樣大驚小怪又容易緊張，她規定我一天最多只能吃一包棒球麵和喝一瓶飲料，這豈不是太嚴格了嗎？所以，我都會偷偷在學校和美語班的時候大吃特吃、大喝特喝，反正我媽咪也不知道，然後我回家還可以繼續吃，這招霹靂聰明吧，嘿嘿！

這個月媽媽不在家，真是我的霹靂黑皮月，不只如此，我還有一個你們聽了肯定會既羨慕又嫉妒我的霹靂天大祕密喔。每個星期，有三天的中午，我都可以吃到麥當勞套餐，還可以一直吃到放寒假前喔，霹靂酷吧！我的意思是，跟我一樣念四年級的小朋友，你們有辦法每個星期都能像我這樣吃到三次麥當勞嗎？而且是吃跟大人一樣的套餐喔，就是「漢堡、薯條加可樂」，或是「炸雞、玉米濃湯加薯條」，至少有三種食物組合起來的麥當勞套餐，不是兒童餐喔！你們沒有吧?!每週一、週二、週四放學的時候，我只要在一張紙上寫下我想吃的麥當勞套餐，隔天中午，也就是週二、週三和週五的中午，就會有人送到「華威國小」四年八班來給我。比如我寫下的是「一號餐」，我隔天中午就會拿到「一號餐」；如果我寫下的是「檸檬茶＋炸雞（辣味）＋薯條」，那我隔天中午就會拿到「檸檬茶＋炸雞（辣味）＋薯條」，反正，不管我寫的是麥當勞的哪種餐點，我隔天中午就會收到。上個星期，我就這樣吃了三次麥當勞，我每次都點不一樣的來吃，霹靂黑皮的！那我怎麼有辦法可以這麼霹靂無比幸福——一個星期吃到三次的麥當勞套餐呢？呵呵，你們猜，我不信你們猜得到。給你們提示一下好了，這跟我的一個**「祕密任務」**有關。

「李威森，我也要！」一個皮膚黝黑、長得瘦瘦的小男生用手比著我手裡的棒球麵說道，他就是我在班上的好朋友與好同學——楊益廷。我們正在「華威國小」四年八班的教室外面，現在是下課時間，有許多學生也都在教室外面。有幾個小朋友在玩打地鼠的遊戲，有幾個小朋友圍一起看手機遊戲，還有幾個小朋友，跟我一樣，手裡也拿著零食在教室外面吃著、看著其他人玩遊戲。

「倒多一點。」楊益廷走到我的身旁，伸出手說道。

「我也要，我也要。」就在我倒了一些碎麵給楊益廷後，不知從哪邊冒出來的兩位女同學——王佳佳與蔣佩慈，她們看到楊益廷跟我要，也跟我吵著要棒球麵吃。

「沒了，都被楊益廷吃光了。」我說。

我把那個黃色包裝袋的袋口朝下甩了幾下，然後把它給了王佳佳。兩個女生搶著仔細檢查著充滿胡椒鹽味道的包裝袋裡面，看還能否找到一些碎麵吃。我們的班導師正坐在教室裡面改作業，她叫做蔡姿芳。聽說她前年六月才剛從師範學院畢業，相當年輕，她有著一副粗黑框的方形眼鏡，我們都覺得那副眼鏡太大了，經常滑下來，但是蔡老師自己不覺得，她說這樣才看得清楚。所以，我們私底下不叫她蔡老師，故意幫她取了一個綽號，叫作「蔡閨」老師，你們知道蔡閨是誰嗎？電視上的蔡閨也有著一副黑色的大眼鏡。我站在走廊上，背部靠著牆壁，從窗戶往裡面看，無意間看到蔡閨老師正盯著地板看，老師到底在看什麼呢？我朝她的視線平行移過去，看到了地上東一處、西一處的垃圾。完了，等一下上課，有霹靂潔癖的蔡閨老師肯定又要罵人了，蔡閨老師最注重環境整潔了，她連暫時性地忍受下課時的粉筆灰也不願意，她每節下課一定會把講桌上的粉筆灰給擦拭得一乾二淨，我實在覺得蔡閨老師根本就不用每節下課都在擦講桌，因為一上課，粉筆灰馬上就又會飛到講台上面去，擦了也是白擦。此時，我不敢繼續看老師，她如果看到我，肯定會叫我去撿地上的垃圾。我趕緊朝圍在牆角的那群女生走過去，我想知道她們到底是在玩什麼遊戲，笑得這麼大聲。原來她們在輪流玩何宜慧帶來的智慧型手機，玩的遊戲是賽車；那手機不是那種只可以用來打電話的一般手機喔。何宜慧的媽媽對她霹靂好的，她才四年級，她媽媽就買一台智慧型手機給她用，而且，竟然還有幫她辦吃到飽的無限網卡，她不管怎麼玩都沒關係。我們四年八班全班只有她一個人有手機，有的同學是家裡有平板電腦，而我，則是兩樣都沒有。反正我也不會特別想要，手機與電腦遊戲相較於好吃的食物，在我心中，食物永遠是排第一名，手機是排第二名。我每次問我媽咪，何時可以買新手機給我，她就會說國小四年級就用手機真是太奢侈了，我懷疑我媽咪連山寨版的智慧型手機都不肯買給我，才會故意這樣敷衍。但，無論如何，等我升上了五年級，就是高年級了，我就一定要她買一台智慧型手機給我。如果她不答應，我就要每天表演暴飲暴食給她看，用這招威脅她最有效。

何宜慧一定是第一個玩手機的人，排第二個玩的人是班長周婷，第三個玩的人是柳雯倩，排第四個玩的人是陳育中，我排第五個，楊益廷這個跟屁蟲看我過來，也跟著過來，他最後才到，所以，他是排第六個玩。何宜慧的手機背面是用一個紅色的手機橡皮套子裝著的，上面有一隻凱蒂貓，這使得手機看起來變得更大台。現在何宜慧的手機已經輪到柳雯倩在玩，排在下一個玩遊戲的人是陳育中，大家都圍著柳雯倩看，希望她這局快點GAME OVER，這樣就可以快點輪到我們玩。「噹！噹！噹！噹！」突然一陣上課鐘響，圍看著手機的眾人莫不同時發出一聲哀號，沒人會想進教室去。

「啊，上課了！」柳雯倩不甘願地望著手機螢幕說，「我還沒死耶，等一下可不可以讓我繼續玩。」

「現在已經快三點了，等一下下課就是放學了，你是要怎麼玩？你不回家喔？」陳育中反駁著。

「那明天呀，何宜慧你明天再帶來，我們繼續輪流玩，好不好？」柳雯倩笑著把手機遞給何宜慧。柳雯倩的眼睛很小，笑起來就會瞇成一條線，她提議道。

「好，我贊成，明天繼續，那要照今天的輪流順序喔，我和楊益廷也還沒玩到。」和其他同學一樣沒有手機的我，馬上大聲附和著柳雯倩的話。何宜慧不置可否地點點頭，接過她那台會引起眾人讚嘆的智慧型手機，然後大家意猶未盡地走進教室去，期待著明天的賽車遊戲。

一進到教室，果真不出我所料，蔡閨老師馬上就針對「地上到處都看到垃圾」這件事情大發雷霆，她足足訓了我們將近十分鐘，我一度懷疑她是否會這樣罵到放學。

「你們要是這麼不愛護環境，以後就要每節下課都來掃地！」她說。當她在罵我們的時候，我注意到那副黑色的方框眼鏡一直從她的鼻子上滑下來，她一邊教訓著我們，一邊把滑下來的黑框眼鏡撐上去，反正，不管那副眼鏡怎麼滑下來，她就是要罵我們就對了。突然間，「叭！」的一聲打斷了蔡閨老師，不是因為蔡閨老師的黑眼鏡掉下來，聲音是從後面傳來，全班同時轉頭，往發出聲音的方向看。完了，蔡明哲的珍珠奶茶不知為何會從桌子上掉下去，弄得整個地板都是奶茶和珍珠，站在講台上的蔡閨，看著滿地的珍珠奶茶，她氣到只差沒把黑板前面的講桌給翻了，那種情況就像是此時的珍珠奶茶是潑到她身上穿的那件新買的白色絲綢洋裝一樣。接著，終於罵夠的蔡閨老師下了一個重大的決定，她認為既然地板這麼髒，乾脆這節課就不要上課了，全班就提早大掃除，反正放寒假前也是要大掃除，現在就徹底的把地板給刷洗乾淨。蔡閨老師非常詳細地解說打掃步驟，並把每個步驟逐條詳列地寫在黑板上，深怕我們會忘東忘西。她要我們全班先把書包拿到外面去，然後，大家的椅子要倒過來，放到書桌上，接著要把所有的桌椅往牆壁靠攏；我們不止是要掃地加拖地，還要用洗潔劑洗刷地板。蔡閨老師一直強調，地上有珍珠奶茶將會引來多麼可怕的、永無止盡的蟑螂和螞蟻，所以，地板一定要先用抹布擦乾淨，然後倒洗衣粉，再用刷子刷，最後，才能用拖把，而且至少要拖二次以上才會徹底乾淨。都怪蔡明哲打翻珍珠奶茶，害得大家要跟著一起大掃除。他一直說他不知道奶茶為何會自己掉下去，全班同學仍舊一個個輪流指責，蔡明哲摀著臉開始哭個不停，直到蔡閨老師要全班起立開始出去放書包，他才停止哭泣。

蔡明哲在我們班上的每一科成績都很普通，但是他的英文卻特別突出，每一次學校月考，他的英文都考一百分，他跟我都是在「帝境美語」補習美語。我的美語老師是卓老師，她最近去燙了一個比以前更捲的頭髮，她很喜歡變換各式各樣的捲髮造型，還說捲髮才會霹靂可愛，就會像是個洋娃娃。「帝境美語」就在「華威國小」隔壁，有補美語的人，只要學校一放學，馬上就會衝過去補習班。因為蔡明哲比較早念，所以，他第十二級都已經唸完，現在已經升到全民英檢班了。據說全民英檢班裡面只有蔡明哲一個人是四年級，有三個是六年級的學生，其他都是國中生，他因此而被卓老師認為是一個英文資優生；而我還在念第五級，就在全民英檢的隔壁教室。我們四年八班也有很多同學跟我一樣都是念第五級的，我不知道何時才能升到全民英檢班。我很喜歡上卓老師的美語課，但是，我超級討厭背單字，為什麼這世界上要發明單字這種東西？我每次都是考試前趕快看，然後，一考試完，就全忘光了。有時運氣好，會及格過關；有時運氣不好的話，我媽咪就會接到電話。

「李威森呀，他很聰明，只是有時候他腦袋的螺絲會鬆了，忘記在家要先背好單字，所以，威森媽媽有空時要幫他鎖緊螺絲，提醒他在家就要先背好單字喔！」這是卓老師每次跟我媽咪講電話的內容。好幾次，我都會跑去我媽咪的房間，用另外一支電話偷偷聽老師在跟我媽咪講的話，那種感覺有時會非常刺激，有時會讓我鬆下一口氣。

啊，蔡闓老師在瞪我，我不能再聊了，得趕快去打掃。我是負責掃地、楊益廷是負責拖地，而附近的柳雯倩則是負責擦窗戶。每一排的人要負責自己那一排的環境整潔，我們每天都要作清潔工作，早就習慣了。而今天的大掃除，比平時多了「刷地板」這個工作，每個人都要刷洗自己的座位地板，我們都霹靂用力刷的，整間教室裡充滿洗衣粉泡沫的味道，相信地板絕對會乾淨無比；如果刷不乾淨，蔡閨老師肯定又會要我們重刷一次。沒多久，大家就把四年八班的教室地板刷得發亮，蔡閨老師滿意地微笑點頭，要大家迅速恢復上課的桌椅排列隊形。就在一陣兵慌馬亂之後，所有的桌椅已恢復到原位，我們到外面去拿自己的書包進來。蔡閨老師一如往常地拿著粉筆在黑板上寫下今日的聯絡簿內容。

我看著牆上的時鐘顯示著三點四十分，再過十分鐘，我就要去一樓執行我的「祕密任務」，那是我每週一、週二、週四放學後會作的事情。我撕下一張海綿寶寶的便條紙，要在上面寫下「麥克雞塊、玉米濃湯和薯條升級成大包」，這是我明天中午打算要吃的麥當勞午餐內容。正當我要寫下「玉」這個字的時候，突然被一個聲音給打斷。

「老師，我的手機好像不見了。」何宜慧皺著眉頭，正胡亂翻找著放在胸前的書包。

原本正在抄寫聯絡簿的大家，被何宜慧突然大聲喊著的話給打斷，紛紛把頭轉到何宜慧的方向看去。

「不可能不見，大家都在教室裡面，你再慢慢找一下，手機應該是夾在課本裡面或是被什麼東西蓋著。」此時的蔡閨老師正在抄聯絡簿，她才回了一下頭，就馬上轉回去對著黑板寫字，穩若泰山地回應。

「是呀，宜慧，你把書包倒出來看看好了，應該是被什麼東西給蓋住。你慢慢找，我等一下幫你抄你的聯絡簿。」坐在何宜慧隔壁的柳雯倩說道，她很熱心地主動要幫何宜慧抄聯絡簿，好讓她可以專心找手機。何宜慧連忙把整個書包裡的東西都倒出來，地板上逐漸出現一堆考卷、鉛筆盒、大大小小的課本、作業簿、習作、一包軟糖、兩條橡皮筋、一本凱蒂貓的便條紙、一張憤怒鳥的貼紙，還有一個粉紅色的零錢包，但是，就是沒看到她那台令人羨慕的智慧型手機。

「老師，真的找不到我的手機，我的手機不見了，怎麼辦？我媽媽會罵，嗚——嗚——嗚——」何宜慧開始哭哭啼啼起來。

2

如果面向四年八班的話，它的右邊是四年七班，左邊是五年一班。四年八班與五年一班中間隔著一個樓梯，也就是說，四年八班隔了一個樓梯後，依序是五年一班、再來是五年二班，五年級各班就是按照這樣的順序一班一班地排下去。五年一班同時有三個女生是「華威國小」的風雲人物，分別是趙柏含、許冠美和莊可菲。趙柏含是國語朗讀比賽冠軍、許冠美是英文朗讀比賽冠軍，而莊可菲則是書法與作文比賽的雙冠軍，幾乎學校所有比賽的冠軍都在五年一班，所以，全校同學都稱她們為五年一班的「三朵花」。三朵花不只是校內外比賽的常勝軍，同時，他們學校的各科月考成績也都是將近滿分，校長、老師們與學校主任都對她們三個寵愛有加。她們的班導師是一個相當資深的女老師，叫做蘇麗英，是我們「華威國小」的明星老師，據說非常會教——歷屆被蘇麗英老師帶過的班，成績都相當優異。神奇的是，她們的蘇老師從不會大聲罵人，只要一個眼神，全班馬上立刻安靜無聲。此時，她們班應該是在上體育課，但是，因為體育老師有事請假，所以變成導師時間，蘇麗英老師決定舉行同樂會，慶祝「三朵花」比賽都拿冠軍。蘇麗英老師買了雀巢檸檬茶、餅乾和糖果，全班分成八組，各桌的大家都開心地吃著，現在是講笑話與機智問答時間。

「老師，如果地上有一張五十元和一張一百元，你會先撿那一張？」坐在右邊第一張桌子的趙柏含首先開口問道。

「先撿一百元的。」一位女同學莊芝寶首先搶答。

「錯！」

「都不撿，因為都是假鈔。」一個男同學林俊廷說。

「錯！」

「我兩張都會撿。」蘇麗英老師說。

「答對！」

「好，那再來，老師，」坐在左邊第二張桌子的許冠美接著問道，「臉和命，如果兩個只能選一個，你不要哪一個？」

「我不回答，因為結果都不好，一個是不要臉，一個是不要命。」蘇麗英老師故意嘟起嘴巴，雙手交叉在胸前，表現得像是個小朋友。全班看得哄堂大笑，大家搶著舉手，要問老師機智問題，趁機開蘇麗英老師的玩笑。

「還有還有，老師老師，如果有一輛高級轎車，後面坐著大寶和二寶，請問，這輛高級轎車是誰的？」趙柏含再次出題道。

「大寶的爸爸的。」

「錯！」

「大寶或二寶的家長的。」

「錯！」

「計程車司機的。」

「錯！公布答案，高級轎車是『如果』的。」

「吼，好冷喔！」幾個同學玩笑性地敲著桌子，表示抗議。

「老師、老師，我也有一題比冷的。有四個人正在一棟豪宅裡面打撲克牌，突然間發生火災，那為什麼會有五個人逃出來？」第三桌的莊可菲把雙手舉高、猛揮舞著手問到。

「因為當中有一個人是孕婦。」

「錯！」

「因為另外有一個人在豪宅裡面，他沒有打撲克牌。」

「錯！因為『撲克牌』是一個人！哈！哈！哈！」

「吼，更冷！」桌子敲得更大聲，拆台的人更多了。不過，通常拆台的人越多，就表示這個冷笑話越好笑。

「好，這表示我們班的三朵花真的都是夠冷……靜，既幽默機智，又會唸書。」

「就是說呀，老師，我們都超級冷……靜又聰明的，愛吃、愛玩、愛講笑話，然後也會唸書。」趙柏含驕傲地表示。

「對呀，而且我們三朵花還超級會比賽得獎的！」雙項比賽冠軍的莊可菲不甘示弱地跟著發言。

「說到比賽得獎倒提醒了我一件事。我們班有人就要去參加校外的英文朗讀比賽了，你們知道是誰嗎？」蘇麗英老師說，全校都知道學校很重視這次的校外英文朗讀比賽。

「許、冠、美！」全班大聲說道。

「所以，冠美，你可要好好加油，我們大家等你得獎回來喔！」蘇麗英老師鼓勵著。

許冠美對著蘇老師微笑著，信心滿滿地點頭。

「哇，對呀，許冠美你好厲害喔，英文月考一百分，然後還要去校外參加英文朗讀比賽，你一定會拿獎回來的。」坐在許冠美左邊的廖雨萱說。

「吼，許冠美她沒問題的啦，她連在我們美語班也是考第一名，那個比賽對她來說根本就是小CASE。」坐在許冠美右邊、同時也和許冠美是同一美語班的施秀瑩說。

「那許冠美比賽得獎回來要請全班吃東西喔，我先預約了！」趙柏含從對面鬼靈精怪地大聲對著此時是眾所矚目的焦點人物許冠美說。

「好呀，那我如果得獎的話，那我就請全班吃一顆很小很小的糖果！」許冠美不甘示弱，故意瞇著眼睛，用手指比著小小顆的樣子，暗示糖果會很小顆，全班哄笑成一團。

此時，隔壁四年八班的焦急混亂與五年一班的歡笑同樂形成天壤之別。

「老師，何宜慧在哭，她的手機真的不見了。」坐在何宜慧旁邊的柳雯倩幫忙何宜慧大聲喊到。蔡閨老師馬上下令要全班同學兩兩一組，互相檢查彼此的書包，看看有沒有那台穿著紅色凱蒂貓橡皮套的手機。她走下講台來，走去何宜慧的座位那裡，幫何宜慧找手機。

「怎麼會這樣子呢？你今天有帶手機來學校嗎？」蔡閨老師問何宜慧，邊翻找著地上的課本，看看手機會不會夾在裡面。

「報告老師，我們都有看到何宜慧有帶手機來學校，而且，她的手機是用凱蒂貓的紅色橡皮套，很好認。剛剛下課的時候，大家還在玩。」坐在何宜慧前面的周婷班長搶先回答到。

「對呀，我們大家都有看到，何宜慧今天有帶她的手機來。」我也幫忙作證回答。全班忙著檢查別人的書包，七嘴八舌地，然後又要抄聯絡簿，我們班現在霹靂無比混亂。

「老師，那寫好的聯絡簿要交到哪裡去？」蔡明哲問著此時已蹲在地上、正在翻找可能藏在課本裡的手機、看起來焦頭爛額的蔡閨老師，我有點擔心蔡閨老師會突然暈倒。

「全班先把聯絡簿交到講桌去。班長，你先去幫老師蓋章，老師等一下再打勾。」蔡閨老師一股腦兒地站起來，似乎並沒我想得那麼虛弱，她快速地對著班長交代要做的事情。周婷班長，她常綁著兩條辮子，國文和社會經常考一百分，英文每次都考九十八或九十九分，就是差一點點就一百分。

「好，」周婷班長邊說邊跑到講桌前面，「請大家趕快交聯絡簿給我。」她大聲對全班喊著。然後，她從抽屜裡拿出老師的連續印章，準備開始要蓋章，而班長的好朋友蔣佩慈也過去湊熱鬧，幫她收聯絡簿。

「你們大家最後看到何宜慧手機的時間是什麼時候呢？」蔡閨老師問。

「就是最後一節要上課的時候。」何宜慧回答。

「三點，就是三點上課的時候，何宜慧把手機拿進去教室。」我說，把聯絡簿交給位於講桌旁的周婷班長之後，我跑過去何宜慧的座位旁邊，幫忙回答老師的問題。蔡閨老師要我們當時有圍在何宜慧身邊看熱鬧的，也就是輪流排隊玩賽車遊戲的五個人，都要把書包再次交到講台前面去，再檢查一次，看看是否有人偷拿何宜慧的手機。就在柳雯倩幫周婷班長把書包交到前面時，「噹！噹！噹！噹！噹！噹！

噹！」，一陣伴隨著音樂聲的放學鐘突然間響起來。

「老師，下課鐘響了！」蔡明哲喊著，「已經三點五十分了。」

完蛋了，聽到蔡明哲喊著的時間，我望著還在被檢查的書包，開始緊張四點一定要去執行的「祕密任務」，這下子該怎麼辦呢？蔡明哲是我認為在班上最雞婆的人，但是這一次，他雞婆對了。他幫全班同學講出迫不及待、想要趕快放學的心聲。

「全班的書包都檢查完了嗎？」蔡閨老師站到講台上面去，望著台下。時間緊迫，她一邊示意今天不勾選聯絡簿裡的方格，要周婷和蔣佩慈直接把聯絡簿發下去給全班，一邊對全班說話。

「還沒檢查完書包的人請舉手！」蔡閨老師高喊著。

沒有人舉手，表示已經檢查完；沒人有聲音，表示沒有找到手機。完了！何宜慧的手機突然人間蒸發，這可怎麼辦呢？剛剛蔡閨老師已經把我們五個人給徹底地拷問過一次，大家的答案都一樣。我們只是輪流要排隊玩何宜慧手機的人，可不是小偷嫌疑犯，上課鐘響時，柳雯倩就把手機還給何宜慧了，何況，我和楊益廷兩人是後來才去排隊的，我們根本連玩都沒玩到，就上課了。周婷和蔣佩慈兩人快速地發放聯絡簿給大家，蔡閨老師說，這件事情她會去請訓導主任來幫忙處理，請有拿何宜慧手機的人趕快交出來，不然，抓到的話是要記一支大過的。在連續喊了三次之後，全班還是沒有人承認；而我們五個最可能嫌疑犯的書包也被檢查完畢。最後，感謝有許多同學趕著要去上安親班，也有家長在校門口等候，蔡閨老師只好暫時放棄尋找手機，宣布放學。

大家起身行禮之後，蔡閨老師領著仍在哭泣的何宜慧往訓導處走去；而我，則要趕緊從二樓衝到一樓的廁所外面，要去執行我的「祕密任務」。我看了看掛在牆壁上的米老鼠時鐘，米老鼠的食指指著五十八，還好，「三點五十八分」，時間還來得及。

3

「寶寶呀，你作業都寫完了嗎？」一個媽媽對著她親愛的孩子喊著，雖然她的孩子已經唸國小了，她還是不改孩子嬰兒時期的暱稱「寶寶」。

「早就寫完了，我在美語班就寫完了。」

「那你不先吃你最愛的紅豆湯圓，再上樓嗎？」這個媽媽對著正衝上樓梯的寶寶背影喊著。

「不用，我不餓。」

寶寶一回到家之後，就直接往二樓的樓梯跑上去，不顧樓下的媽媽在她背後喊叫著，不顧家裡此時正瀰漫著她最喜歡的紅豆湯圓的濃郁香味。她進房間之後，馬上就把房門鎖起來，然後放下書包，偷偷地把藏在書包裡面的三星手機給拿出來，開心地滑動著裡面的應用程式。突然間，她像是想到什麼一般，連忙想要把手機的背蓋給撬開。她不熟悉該怎麼使用，接著，她試著用力一扳，背板的套整個與手機的主體給分開來了。

「成功了！」她開心地笑著，把藏在手機裡的那張SIM卡給抽出來，然後，再把背板與手機主體給套上，恢復原狀。

「這樣就不會被查到了。」她從書包裡面拿出她的鉛筆盒，把那張剛抽出來的小小一張SIM卡給放在鉛筆盒裡面。她似乎是在尋找什麼特定的功能，她把手機頁面滑來滑去，她仔細查看著頁面上的每一個圖示。

「是在哪裡呢？」她自言自語著，突然間，她眼睛一亮，看到了一個圖示。

「啊，有了，在這裡。」她點進去網路連接的按鈕，出現了許多選項：第一個選項是Wi-Fi，第二個選項是藍芽，第三個是數據連線與可攜式無線基……，後面的字沒有顯示出來，第四個是飛航模式，第五個她不打算往下看，她直接點進去第一個選項Wi-Fi後，馬上看見一排可以用來連線的裝置的英文名稱：ch9-NB_Network、cht12r9、JULIA、AKL3y0323……等，她每個都點進去實驗看看，是否可以不需要密碼，就連上網去。

「太好了，就是這個！不用密碼，就可以偷偷地連上去。感謝隔壁鄰居有申請光纖寬頻，附贈的家用無線WiFi……」她對於從此就可以盡情地用手機上網感到開心。媽媽總是會限制她打電腦的時間，她最喜歡上Youtube看影片與聽歌、上臉書看同學互動回應，還有玩遊戲……等等。現在她有了這台最先進的三星手機，一切連線上網將神不知、鬼不覺，她的手機連上網之後，她登入了第一站——臉書（Facebook）……

一月十三日星期二

1

第二天，升旗前的早自習時間，蔡閨老師特別強調兒童和青少年的偷竊罪是嚴重的罪行，她要偷手機的小偷趕快自首。在升完旗，進教室之後，大家紛紛詢問何宜慧手機的事情後來怎麼樣。何宜慧說那支手機很貴，是三星廠牌新出來的，不是沒有牌子的，所以，何宜慧她媽媽很生氣，昨天放學時跟蔡閨老師聊很久，最後，還是只能交給訓導處去廣播。由於需要維護優良校譽的這個理由，加上蔡閨老師是新老師，她希望可以大事化小，所以，這件事情暫時不用報警。但，這整件事情實在是太詭異了，全班怎麼想也想不透何宜慧的手機會憑空消失的理由。昨天下午三點的時候，手機還在，所以，手機應該是在昨天的下午三點到三點五十分這段時間內不見的，但是，那時間，大家都在教室裡面打掃，每個人都有工作，怎麼可能有人有空會去偷手機呢？此外，全班每個人的書包也都有翻找過，就是沒有找到何宜慧的手機。有人說可能是被鬼拿走了，也有人說手機自己自動消失了，還有人說，會不會是何宜慧在念三年級的弟弟上來這裡把它偷拿走，但是這個選項馬上就被推翻，因為昨天下午三點過後，何宜慧的弟弟和同學都一直待在教室裡面，有許多三年級的同學可以證明這一點。重點是，如果有人從樓梯上來的話，肯定會被擦窗戶的同學給發現的，我們的教室剛好就在樓梯口旁邊，所有書包就是放在教室前面的走廊上，負責打掃走廊的人是班長周婷和蔣佩慈，他們兩人表示也都沒有看到任何人有去動地上的那堆書包。

「李威森，你昨天放學時在一樓廁所外面鬼鬼祟祟地做什麼？」

就在大家等老師的時候，陳育中突然拋了一句這樣的話給我，陳育中是一個超級討人厭的大嘴巴同學，而且他每天都在吃東西，比我還愛吃、比我還要胖。陳育中會這麼問，就表示他昨天有看到我在執行「祕密任務」。哀，真是霹靂哀的，竟然會被他看到！

「沒有呀，你管這麼多做什麼？你憑什麼說我鬼鬼祟祟，你有看到我，我沒看到你，表示你自己才是真正地鬼鬼祟祟！」我比他更大聲地反駁著。

「在吵什麼？」蔡閨老師從外面走進來喊到，大家頓時安靜下來。

「報告老師，您說放學後要趕快回家，不可以在學校逗留，可是，李威森他昨天放學時還一直待在學校裡面。」就在大家行完上課禮之後，陳育中舉起手跟蔡閨老師告狀。

「齁喔！」全班不知道有多少人同時用食指比著我、對著我警告，我覺得陳育中真是個霹靂大嘴巴。

「是在昨天下午四點以後嗎？」蔡闈老師繼續問。

「對，他在學校後門的那個廁所外面，鬼鬼祟祟地，不知道在做什麼。我媽昨天比較晚來接我，結果，我走的時候，已經快四點半了，他還在一直待在那裡。」陳育中越講越起勁。

「說不定他是偷拿何宜慧的手機給別人。」楊益廷開玩笑地說道。

「才不是勒，楊益廷你別亂講話！」我反駁道。

「那你為什麼放學後沒有直接回家，還待在學校裡面呢？」蔡闈老師問。

「因為……因為……我……」我剎那間實在是掰不出一個好理由，更不能講實話，無論如何絕對不能讓大家知道我的「祕密任務」。接著，柳雯倩竟然也說她有看到我，眾女生們頓時開始七嘴八舌地討論，她們紛紛表示上週也有看到我在一樓的廁所外面，同樣也是很晚還沒有回家。我竟然這樣就成了大家口中偷何宜慧手機的頭號嫌疑犯，天知道，我真的不是！我只是在執行我的「祕密任務」，以換取我每週三次的麥當勞套餐而已！但是，我卻不能把我的「祕密任務」跟大家說，說了，我就再也拿不到麥當勞套餐了。眾人責備的聲音從四處響起，越來越大聲，尤其是女生的聲音，說得我頭腦都快爆炸了，誰來救救我，我跳到黃河也洗不清了，我掩蓋著眼睛，不自覺地狂哭泣。

「好了，大家不要再說了。李威森，你等一下下課時過來跟我解釋清楚，我們上課！」

解釋清楚？我怎麼可能跟蔡閏老師解釋清楚呢？不，我絕對不能跟她說關於「祕密任務」的事情，重點是，就算我說了，她也不會相信的，那霹靂難解釋的。必須是像我這樣身材與體能的人才能去執行「祕密任務」，蔡閨老師她是沒有辦法懂得的，全班同學更是會覺得我在說謊。但是，如果我不說清楚的話，大家就會誤會我跟何宜慧的手機遺失有關，他們竟然認為我把手機交給其他班級的同學去藏起來，這真的是太天方夜譚地霹靂扯了。偏偏何宜慧的手機又剛好這時候不見，而且找不到可以解釋手機為何會離奇失蹤的理由，我就這樣成了代罪羔羊。這下該怎麼辦？怎麼辦呢？如果我能找出偷何宜慧手機的兇手，那我就可以脫罪了。可是，這個偷何宜慧手機的兇手會是誰呢？那我等一下該怎麼跟蔡閨老師解釋呢？重點是，解釋也是枉然，我今天也會需要再次去執行「祕密任務」，一樣還是會被陳育中或是柳雯倩他們那幾個大嘴巴的人給發現的。

2

第一節下課鐘響，五年一班的蘇麗英老師絲毫沒有要下課的打算，這對五年一班來說已經是司空見慣的事，雖然不清楚蘇老師會是何時下課，但，聽到鐘聲，台下就開始有人準備下課要作的動作：有的人拿出零錢包，準備等一下要去福利社買東西；有的人相邀約要一起去上洗手間；有的人拿出早餐準備要吃；而趙柏含則是偷偷地從書包裡拿出一本美語習作。在全體都蠢蠢欲動的情況下，蘇老師下課聲令提早釋出。趙柏含連忙起身，一走出門，就來到隔壁四年八班的門口。

「請幫我找一下王佳佳。」趙柏含對著在前門靠窗戶邊的周婷說道。

「王佳佳外找。」正坐在別人座位上的周婷大聲喊著。

王佳佳的位置在教室右半邊，她快速地從書包裡也拿出一本美語習作，往前門走過來。

「你寫完了嗎？」趙柏含一見到走出教室門外的王佳佳就問道。

「早就寫完了。」

話畢，兩個人各自打開自己的美語習作，對著答案。

「吼，這一題，我寫錯了。」趙柏含在對答案的同時，發現自己有一題寫錯，趕緊用擦子把答案擦掉，重寫著。

「對了，今天換你帶餅乾來『帝境美語』那裡喔，你有買了嗎？」趙柏含邊寫著英文、邊問著。

「安啦，一切ＯＫ！」王佳佳爽快地回答。

「我們今天美語課的時候，交換改喔！」趙柏含對著王佳佳眨了一下眼睛，那是只有她們兩人才會知道的暗號，意思就是，在交換改考卷的時候，如果遇到對方錯的地方，不要圈起來、不要扣分，等到還給本人時，本人再把錯的答案改成對的答案，這樣兩個人就都可以考一百分。王佳佳也回眨了一下眼睛，兩個人賊賊地笑著。此時，趙柏含眼角的餘光注意到坐在教室裡面的周婷正望著窗外，看著她們兩個人。

「剛剛叫你出來的那個女生是誰？她好像在偷聽我們講話。」趙柏含心有不安地問。

「喔，她是我們班長周婷。放心，她跟我們是不同的美語補習班，她不會知道我們在說什麼的。」

「說的也是，反正我們永遠都是用『暗號』。不過還是要小心一點比較好，你看，那個楊益廷就坐在她附近。」

趙柏含再次眨了眼睛，然後跟王佳佳嘻笑著，對完答案後，趙柏含就回到五年一班去了。

趙柏含回到五年一班的座位後，發現他的位置被同學林莉雅給坐了，有三個女生正在拿手機、比手勢、玩自拍，分別是廖雨萱、林莉雅和莊芝寶三個人。

「林莉雅，你先把剛剛那張照片傳到LINE給我！」說話的人是廖雨萱，她正打開她的手機，點選LINE。

「可是，我不曉得要怎麼傳耶，我只知道怎麼上傳到臉書。」林莉雅搖著頭表示，她慌亂地滑著頁面，卻找不到圖片檔。

「喔，這個我會，你就先把圖片儲存起來，然後……，來，我幫你用。」說著，趙柏含接過林莉雅的手機，快速地把相片用LINE同時傳給廖雨萱和莊芝寶。

「叮咚！叮咚！」手機發出LINE已傳送的聲音。

「咦？趙柏含，你不是沒有手機嗎，你怎麼會知道怎麼用LINE？好強喔！」廖雨萱既驚訝又佩服地表示。

「對呀，而且你好熟練喔！不用兩秒就傳過去了。」莊芝寶稱讚著。

「呵呵，我厲害呀！暑假的時候，我有用過我舅舅的三星手機，所以，我知道怎麼使用。」趙柏含左手拿著林莉雅的三星手機，用右手比著「YA」的得意手勢。

3

（一月十四日星期三下午）

自從陳育中跟蔡閨老師告我的狀之後，大家都在我背後議論紛紛，說我就是那個偷何宜慧手機的人。在今天下午第一節下課的時候，蔡明哲跑來安慰因滿腹辛酸委屈而在哭泣的我，他並建議我可以去找丁柯學長幫忙，我覺得此時的他是真正地熱心與善良，並不是雞婆，因為我實在霹靂萬分需要洗刷我的冤屈的！他會這麼積極幫我，背後有一個重要的理由是——前天如果不是他打翻那杯珍珠奶茶的話，蔡閨老師也不會臨時決定要大掃除，何宜慧的手機也不會因為書包放在走廊上而被偷。他跟丁柯學長是在「帝境美語」的全民英檢班認識的，丁柯學長是我們「華威國小」有名的小密探，他曾經幫一個低年級的女老師找回她遺失的哈巴狗；曾經把一個會偷月考考卷影印給他兒子的老師給揪出來；還曾經找出自然實驗教室電線走火的原因。總之，蔡明哲把他形容得霹靂萬分強就對了。

「我相信丁柯學長一定有辦法可以還你清白的。」他說。

我謝謝他願意相信我，但是，我並沒有答應他要找學長幫忙，因為我不想說出我的「祕密任務」，我更不想失去麥當勞套餐。但是，一封無預警的打字信馬上促使我改變主意，嚴格上來說，那是一張被折成信封的紙張，在下午第二節課的時候被一個班上同學無情地轉交給我。

就是這封信讓我鼓起勇氣，決定要在今天放學去美語班補習的時候，把一切祕密都跟丁柯學長他們說。雖然智慧型手機可以拿來上網、玩遊戲和聽音樂，這些都是我最喜歡的功能，但是我發誓我絕不會因為這樣就去偷人家的手機，那是霹靂萬分可恥的行為，絕對不可能會發生在我身上。現在只有高年級的丁柯學長可以證明我的清白，最重要的是，我需要他幫我把在「祕密任務」背後惡作劇的那個人給揪出來。

美語課是四點半上到六點半，通常我們都是放學後就會直接過去，美語上課前的那半小時是最好談祕密的時間。

「放心！丁柯學長會帶我們到補習班裡的一個好說話的地方。」蔡明哲熱絡地這樣表示。

下午四點五分，丁柯學長和另外一個學長他們已經在補習班的樓梯口等我，我看到他們旁邊的蔡明哲跟我揮了揮手，馬上跑了過去。

「我們到那間教室去說吧，那裡現在不會有人。」開口的人是丁柯學長，他似乎很擅長處理這種屬於「祕密」的事情。他帶著一副黑框眼鏡，有著一頭像是永遠無法梳整齊的捲髮，但那看起來應該是自然捲，不是刻意去燙的。然後，他比我印象中高好多，雖然他是六年級，我才四年級，他本來就會比較高，但是，他真的很高，他比跟站在他身旁的那位六年級學長還要高，而且丁柯學長超級瘦的，瘦得像是一根竹竿一樣，我懷疑他營養不良。

「這位是莊炫博，他是我的搭檔，我們向來都一起合作。你可以放心，所有一切，他都會保密的。」丁柯學長介紹著他身旁的另一個學長，我發現丁柯學長口中的搭檔——莊炫博學長，他不只有著一雙濃眉大眼，還有一個特大號的鼻子。

「那我可以留下嗎？我也想聽。」蔡明哲問。

「可以呀，當然可以，歡迎。」我說。有蔡明哲留下，他不但可以幫我說話與壯膽，也可以讓我感覺自己不是孤軍奮戰。我們大家就坐在「帝境美語」補習班二樓的一間空教室裡面討論，坐著討論可以讓我感覺比較放鬆，因為我是裡面最矮的一個人。

「聽說你遇到一件奇怪的事，而且是跟一個祕密有關？」丁柯學長在我們坐下之後首先開口問道。

「對，而且可能還牽涉到一件智慧型手機的偷竊案喔。」蔡明哲熱心地從旁補充道。

「那你找對人了，我們對於調查這種事情最有興趣了！」丁柯學長非常熱情地表示。

「恩，」我點點頭之後，接著說：「上週一，也就是一月五日的時候，五年一班的莊可菲學姊來我們班上找我。」

「五年一班？我妹妹莊芝寶剛好也在五年一班耶。」莊炫博學長睜大眼睛表示。

「對，沒錯。莊可菲學姊在她們五年一班的成績很好，你問你妹妹就知道。而且她還是作文與書法比賽的雙冠軍，這個全校都知道。莊可菲學姊說，她們的社團要找人幫忙作一項健康調查，每次的酬勞就是一客麥當勞套餐，餐點內容任選，而且還可以連續領到放寒假前。」我開始驕傲地說著，覺得可以與莊可菲學姊扯上關係是一件霹靂光榮的事情。

「哇，這麼好喔！」蔡明哲羨慕地稱讚道。

「恩。」丁柯學長沒什麼特別表示，表情很專注地認真聽著。我猜，要不就是他經常吃麥當勞套餐，要不就是他沒吃過，還是丁柯學長有厭食症，不然怎麼可能都沒有任何反應呢？

「我一聽到酬勞是麥當勞套餐，馬上就心動了。而且，我認為像她這麼優秀的學姊，她所推薦的活動應該是不會有什麼問題才對。」我說。

「恩，聽起來確實是很合理。那麼，你要幫忙的工作是什麼呢？」丁柯學長一本正經地問。我隨即拿出一張莊可菲學姊給我的工作表放在桌上，大家一起看著那張表格。

「莊可菲學姊說，這個活動很簡單，就是要統計每週一、週二和週四，下午四點到四點半這半小時內，進去廁所的人數，用正字記號來標記。然後，我只要在這張紙上寫下當天的正字記號即可，日期她已經幫我壓好了。」

「所以，這表示你要待在一樓的廁所外面半小時，然後統計人數？」丁柯學長似乎帶點疑惑地再次確認，我苦笑著點頭。我理解他感到疑惑的原因，這應該是每個人聽到這樣的健康調查辦法之後，都會呈現出來的共同表情吧。

「難怪陳育中他們會說每天放學時都看到你在廁所那裡鬼鬼祟祟的。」蔡明哲說。

「可是，這算是哪門子的健康調查呢？是哪個社團舉辦的呀？」莊炫博學長也覺得很納悶。

「我不知道，哀，只怪我當初沒有問。」我聳聳肩地無奈表示，儘管當時我也覺得有點怪。在場三人對於我竟然沒有問而感到不可思議；但是，因為當時我一聽到麥當勞套餐，可以一直吃到寒假前，而且，又是莊可菲學姊推薦的，我就沒管那麼多了。

「可是，這個活動為什麼會只有你一個人知道呢？」丁柯學長皺著眉頭繼續問道。

「因為莊可菲學姊說，這個活動的名額只有一個，而她覺得我最合適。第一，這個活動的統計人員必須是中年級以上，並且教室必須靠近廁所。規定中年級以上，是要確保資料記錄的正確性；而規定教室靠近廁所是要方便就近統計；如果教室太遠，就會很浪費時間且無法持續。一樓都是低年級的學生，她們的教室雖然很靠近廁所，但是因為她們還是低年級，所以無法參加。而二樓，就以我們四年八班的教室最靠近樓梯口，一下樓走幾步路就是廁所，所以，挑選我們四年八班的人會最適合。第二，我們班的人當中，就屬我最有可能可以持續全勤，因為我的身材不是瘦的那型，這就表示我會願意為了麥當勞套餐而努力；而我不會太胖，如果太胖，就可能會因為懶惰或是跑太慢，那記錄就會中斷沒有持續。」

「這個……恩……啊……」在場的三人聽完我的話之後，表情好像是有什麼東西卡在喉嚨一般，想要說些什麼卻又說不出口。我猜他們可能是想說這個活動聽起來好像就是專門為我設計的一樣。

「而這個活動一週必須要統計三天，我剛好每週三和週五要上美語課，所以我就是排在每週一、週二和週四去統計。只要我有統計到一天，就有一客麥當勞套餐，並且是隔天中午就會發給我。由於活動名額只有一個，我們就把這個活動取名『祕密任務』，只有我和莊可菲學姊知道而已；學姊要我不要給其他人知道，以免會被其他同學瓜分我的麥當勞套餐。我覺得這種機會實在是霹靂難得，為了每週都可以吃到三客麥當勞，我始終都沒有告訴別人。當然，為了檢驗我是否真的合格，我還必須要通過一個簡單的體能測驗。

「什麼？還要體能測驗喔？」三個人異口同聲地大喊著，聽到要體能測驗的蔡明哲差點沒坐好，快要從椅子上給跌了下去。

「只是一個很簡單的測驗——學姊限時三分鐘內，要我先從一樓廁所跑去我們的二樓教室，然後，再跑下來一樓廁所。我很輕鬆地花了二分鐘半就通過了！」

「哈！哈！哈！來回跑廁所……」全場一陣大笑，而且大家都笑個不停，蔡明哲笑最大聲。

「有什麼好笑的。」我斜眼瞪著蔡明哲。

「我覺得你好像是被整了耶。」蔡明哲用手比著我，嘲笑著說。

「重點是，你後來有去執行任務，那有拿到麥當勞套餐嗎？」莊炫博學長邊笑邊問道。

「當然有呀！我只要有統計一天，隔天中午就可以拿到一客麥當勞套餐，他們也都有如期發給我，一直到今天中午，我都還有拿到昨天因執行任務而得到的麥當勞套餐。算一算，上週我吃了三次，這週我吃了兩次，總共也吃了五次麥當勞套餐了。」

「恩，那這樣很好呀，只是這個健康調查活動聽起來很像是整人的活動而已，屬於比較奇怪又另類的健康行為調查。」丁柯學長客觀地表示。

「我原先也是這樣認為，我還覺得是因為我的身材和體能關係，所以只有我特別可以去賺到麥當勞套餐呢。但是，就在今天下午第一節課的時候，我卻收到了這封信。」我把信遞給丁柯學長，他接過去打開後，他們三個人顯露出比看到新款電腦遊戲還興奮的表情，湊在一起盯著那張被打開的紙張。

祕密任務——健康調查活動結束。即日起不用再去統計人數了。

一月十四日

「噗！噗！」蔡明哲忍不住從嘴巴發出像是放屁的聲音，全場大家又再次陷入一陣狂笑。

「笑什麼?!你們不幫我，還一直笑我，我找別人去！哼！」我雙手交叉在胸前，準備要起身離去，很生氣他們看完信之後竟然又是一陣狂笑。

「別生氣，放心，我一定會幫你的，我最喜歡解開這種既有趣又奇怪的案子了。這個案子實在是我所聽過最莫名其妙的爆笑案子。」丁柯學長拍了拍我的手，收起笑容，一派正經地說道。

「是呀，丁柯的見義勇為、行俠仗義可是全校最出名的，別人我是不知道，但是，這種事找到丁柯算你好運，他忙別人的事永遠比忙自己的事還要拼命，就像是一個拼命三郎，而我跟丁柯是好麻吉，我們永遠會同進退的。」莊炫博學長接著說。

「所以，針對你說的這個祕密任務，你是想要怎樣呢？她們答應給你麥當勞套餐，也有給你，而你也有吃到五次了，不是嗎？」丁柯學長問道。

「話不是這樣說，當初莊可菲學姊是跟我講說祕密任務會一直持續到放寒假，我才會一口答應的。現在我才作一個多禮拜而已，就無端宣告結束，這豈不是在整我嗎？我每次放學後都要站在一樓廁所外面半小時，半小時耶，而且還要在那邊一直畫正字符號，不論出來的人是男生還是女生、也不論出來的人是老師還是學生，我都要記，所以常被誤會成是變態，這種調查工作很累又很糗耶。我懷疑是有人在惡作劇，可是，這會是誰要平白無故花五次的麥當勞套餐的錢，然後，要這樣來對我惡作劇呢？」

「恩，真的是很累又很糗。所以，你是希望我們去查出麥當勞套餐的幕後主使者，還有他真正的動機？」丁柯學長深表同情，理解性地問。

「對，而且，最重要的是，星期一下午的時候，我們班上有個同學叫作何宜慧，她的手機竟突然不見。前天放學時，我因為執行祕密任務，結果被大家誤會成我可能跟這個手機偷竊案有關。實在霹靂倒楣的，我現在跳到黃河也洗不清了。」

接著，蔡明哲也幫忙我說明，我們兩個人把前天何宜慧手機遺失的全程實況一五一十地跟丁柯與莊炫博學長他們再說明一次。

「說不定是有人故意要嫁禍給我，故意先花幾百元買麥當勞套餐給我，然後再偷走何宜慧的手機。」我說。

「可是，這樣的話，為什麼還需要牽扯到莊可菲呢？」丁柯學長不解地問道。

「因為要掩人耳目呀，說不定莊可菲也不知情，她只是在幫人傳話而已。」我大膽地猜測道。

「你收到這封信之後，有去問莊可菲原因嗎？」丁柯學長問。

「有，我甚至還有問她：『主辦單位到底是哪個社團、在哪裡？』，結果莊可菲學姊回答，那個社團並不在『華威國小』裡面，她說，就算告訴我，我也不知道。『活動結束就結束了，你就別再問了。』她這麼說。我實在是覺得很生氣，我氣到說不出話來。」我說，真的是一想到就更生氣。

「恩，好吧，那我們明天就會開始去調查五年一班的莊可菲。這件事情就交給我們吧，我一定會把祕密任務的幕後主使者與偷手機的兇手給找出來，還你給一個公道的。」丁柯學長胸有成竹地表示。

我心中有點懷疑，這麼錯綜複雜的兩件事情攪和在一起，丁柯學長他們要如何解開呢？但，我根本別無選擇，只能祈禱丁柯學長可以早日還我清白。

第二部

展開調查

一月十五日星期四早上

1

從手機遺失至今，今天早上算是第一次有好消息傳來的。

「老師，我剛剛在一樓洗手時，發現附近的那個橘色的大垃圾桶裡面，有一個凱蒂貓的紅色手機橡皮套，但是，已經被剪得稀巴爛，不曉得是不是何宜慧的？」

才剛上課，柳雯倩就舉手報告這個令人振奮的消息。原本因為手機遺失事件給弄得心煩意亂的蔡閨老師，聽到這消息後馬上展露雀躍表情。因為蔡閨老師需要上課，無法去垃圾桶那兒查看，所以，她要一個自願的男壯丁陪伴這兩位纖纖弱女子柳雯倩和失主何宜慧一起去公用大垃圾桶裡，把那堆手機套的殘骸給撿回來。我與幾個男生馬上自告奮勇地舉手要幫忙，而我很幸運地被選中，我猜，這是因為我看起來比較健康的關係。何宜慧與柳雯倩本來拒絕我陪同一起去，因為她們至今還是認為我是偷何宜慧手機的頭號嫌疑犯，但是，心地善良的蔡閩老師馬上幫我跟大家解釋，說我是因為拉肚子，所以，星期一時才會很晚才回家。雖然這個理由惹來全班對我的一陣嘲笑，不過，起碼我在蔡閩老師面前給逃過一劫。就這樣，蔡閩老師拿了一個牛皮小紙袋給我們，她說，就算是破碎的手機套，每一片不論是多小，也都要全部給撿回來。我馬上與何宜慧跟著柳雯倩從二樓跑下去，直奔一樓到柳雯倩所說的那個橘色大垃圾桶。當我們一抵達那個大垃圾桶時，往裡面一看，果真看到一堆被剪破的紅色橡皮套碎片，並且還看得出來是凱蒂貓的圖案被剪碎了，而且，從碎片的周圍痕跡來看，應該是用大剪刀剪的。

「何宜慧，你看，就在這裡。我覺得跟我那天玩的那個手機橡皮套很像，這是你的手機套嗎？」柳雯倩指著垃圾桶裡那堆已經被分屍的紅色手機套問。

「應該是。」何宜慧撿起當中的一個碎片仔細查看著，然後點點頭稱是。

「那我們趕快把它們全都撿回去給老師看吧。」我興奮地表示。

那手機橡皮套被剪成一片一片的，我們三人連忙把垃圾桶裡的碎片小心翼翼地一張張給撿起來，丟進去蔡闈老師給我的牛皮紙袋裡面。當我們就快要撿完所有手機套的碎片時，我們同時都驚訝地發現在垃圾堆裡面的一個百香綠茶的飲料盒子，它的上面有一張小張的手機SIM卡躺在那裡。

「是手機SIM卡耶。」我們三個人就像是同時發現新大陸般地喊叫著，聲音可能連二樓都聽得見。

「這個可以拿回去裝在手機上，試打看看是不是何宜慧的手機號碼。」我驕傲地說。

「可是我媽媽已經去停話了。」何宜慧說。

「你媽媽真是聰明，不然，上網費與電話費不知會損失多少。」柳雯倩像個小大人般地回應道。

「沒關係，反正這也是重要證據，一起撿回去就對了。」我撿起那張小小張的SIM卡說。

接著，我們三個人把凱蒂貓手機軟殼的所有殘骸碎片與SIM卡一起帶回去教室，蔡閨老師相當稱讚柳雯倩與我的熱心公益，我覺得自己就像是個小英雄般地飄飄然。蔡閨老師把整個紙袋交給何宜慧，要何宜慧與幾個女生下課的時候，試看看能不能把手機殼給重新組裝再黏貼起來，就像是在組裝拼圖一樣。不論是否可以組起來，蔡閩老師中午的時候，就要把這個紙袋裡的東西送去給訓導處。

第一節下課時，我就迫不及待地拉著蔡明哲陪我一起去六年四班，要把這個天大的消息告訴丁柯和莊炫博學長他們。

「照這樣聽起來，何宜慧的手機真的是被學校的人給偷走了。而且，這個小偷還在家裡把手機殼給剪碎，然後帶到學校來丟掉。」莊炫博學長聽完之後，馬上下了這個結論。

「手機套應該是在學校以外的地點被剪碎的，但是，卻不一定是兇手自己帶來學校丟掉的。」丁柯學長提出不同的看法。

「吭？不是兇手自己，那不然是誰帶來的呢？」我和蔡明哲不解地問。

「兇手的幫兇。」丁柯學長答。

「幫兇？」

「你們想想看喔，如果兇手是一個人要單獨去偷何宜慧的手機的話，那成功的機率是比較低的。昨天我聽到你們的描述時，就推測這個案子應該是有一個以上的幫兇才可能成功。因為何宜慧的手機是放在書包裡面，而何宜慧的書包因為要大掃除的原因被放在走廊上面。那時四年八班有兩個同學在走廊上打掃，這一定要有幫兇幫忙掩護與把風，才可能不被五年一班的同學或是要打掃的四年八班的人給發現。」丁柯學長分析著。

「這麼說來很有道理喔！丁柯學長真是聰明！」我和蔡明哲都紛紛表示認同與佩服。

「如果我偷了手機的話，那我一定會把手機換上別的手機殼或是乾脆就不要裝，這樣就不會被發現與何宜慧有關。所以，如果我是兇手或是幫兇的話，我應該會在星期一當天晚上，就在一個隱蔽的地方，直接把手機殼給剪碎，然後，在星期二早上拿來學校丟，對吧?!但是，你們卻是今天，也就是星期四，才在垃圾桶裡發現手機殼碎片。所以，可以推論兇手應該是因為有些事情，才會拖到星期四早上，可能是兇手本人或是委託他人於星期四早上來學校丟棄。至於，他們為何要把手機殼碎片給丟在學校的大垃圾桶，沒直接丟在自己家裡的垃圾桶，原因很簡單。因為如果把碎片丟在家裡，就會被自己的爸媽或兄弟姊妹給發現，這樣會難以解釋得清楚，所以，他們只能選擇把手機殼碎片帶來學校丟棄。」

「恩。」我們很自然地點頭，表示認同。

「總之，就是因為某些原因，他們沒有辦法在週二或週三處理贓物，所以，才會在今天早上把手機套的碎片帶來學校，把這些碎片都倒進大垃圾桶裡面。」

「那倒的時間有沒有可能是在『**昨天晚上**』或是『**昨天放學的時候**』呢？」蔡明哲故意強調著不同的時間的可能性。

「應該不可能。因為每天放學的時候，打掃的阿姨就會把大垃圾桶的垃圾拿去丟。所以如果他們是昨天放學時才把碎片丟進垃圾桶裡的話，那今天早上，你們是無法去找到手機殼碎片的。」莊炫博馬上回應道。

「沒錯！而且這個人，他必須在今天早自習到第一節上課以前的這段時間，趁著大家都在教室裡面早自習、完全沒有人看到的時候，把手機殼的碎片和手機SIM卡一起倒進去大垃圾桶裡面。這也表示，這個人他今天早上上學遲到，可能是故意遲到，才有機會在進教室早自習以前去進行。如果有兩個人以上都遲到並且一起去倒，那很容易會引起嫌疑。所以，要不就是兇手自己去倒，要不就是兇手請幫兇幫他去倒這些手機碎片。而這兩種情況，以後者最為可能，因為這樣可以減低兇手被當場抓到的風險。」丁柯學長大膽地推論著。

2

（星期四早上十一點下課時間）

每天的下課時間，就是我最開心的時候，因為下課就可以玩遊戲跟吃東西。第三節下課的時候，望著美術老師走出教室後，我決定不要再一直吃東西，要從事與有益身心健康的活動。我從抽屜裡拿出小阿姨買給我的棒球手套與棒球，這是今天下午體育課的時候要玩的東西，我霹靂期待體育課的到來。我向楊益廷走去，邀他在教室前面走廊上跟我一起練習投球。我覺得自己真是聰明，竟然想得出這麼有意義又健康的下課活動。

就在我們玩著的時候，許多女同學陸陸續續在旁邊圍觀著，我覺得此時的自己和楊益廷真是霹靂帥的！接著，班上的陳育中與蔡明哲不想讓我跟楊益廷專美於前，表示他們也想要加入練習棒球的行列，陳育中更跑去我的座位下面把棒球棒給拿來，然後其他人也紛紛表示要加入練習棒球的行列。這下子人變多了，我們決定乾脆就分成兩組來比賽打棒球，活動範圍更擴大到五年一班的一半走廊。大家輪流拿棒子揮球、丟球與接球，在走廊上越玩越激烈，加油聲音此起彼落。輪到我揮棒子的時候，蹲在我旁邊的捕手是楊益廷，而對面投球的人是蔡明哲，因為我跟蔡明哲在體育課的時候打過球，這讓我覺得霹靂有把握打到球的。蔡明哲由下往上投了一個慢速球給我，這一球實在是霹靂好打！

3

（星期四早上十一點四分，從五年四班往五年一班方向的走廊路上）

丁柯與莊炫博兩個人此時正從三樓盡頭的樓梯走下來二樓的五年

四班，他們要去五年一班打聽莊可菲這號人物。

「我跟我妹妹經常講沒幾句話，就開始吵架，而且她很喜歡問東問西，所以，還是由你來問她會比較保險。我昨天已經有跟我妹妹說我們今天會去找她。你記得千萬不要跟她說我們在調查案子，不然，她肯定會去到處宣傳，這樣就會打草驚蛇、無法查明真相，她可是一個超級廣播電台。」莊炫博邊走著，邊跟丁柯警告著。丁柯邊走、邊聽、邊點著頭，他似乎在思考事情，沒怎麼搭理一路講個不停的莊炫博。就在他們走到五年二班，還沒有到五年一班的時候，他們看到了一顆棒球突然快速地從五年一班的窗戶飛進去，不偏不倚的就打到坐在窗邊的一個女同學，球差點就打中她的眼睛。這個女同學發出一聲哀號與慘叫，鮮血馬上從她的額頭一陣狂瀉，她用手去摸左邊眉毛上的傷口，弄得整隻手都是血，鮮血濺滿衣服，同學們看到後一陣慌亂，紛紛尖叫著。

「許冠美流血了！」幾個女同學陸續圍過來，鮮血越流越多，滑過她的左眼，許冠美開始大聲哭起來。

「老師不在，怎麼辦，怎麼辦？」廖雨萱緊張的手足無措。

「為什麼天空突然飛進來一顆棒球呢？怎麼會流這麼多血？是棒球上面有刺嗎？」林莉雅一連問了三個問題，她覺得很錯愕與不可思議。

「別管這麼多了，趕緊帶她去保健室吧！我們一起去，快點！」莊可菲說道，廖雨萱趕忙拿出手帕壓在許冠美的左邊眉毛上面，林莉雅則扶在許冠美右邊，一行四人一起走向保健室。許冠美的手和衣服上面整個都是血。五年一班的門口頓時圍觀了許多人，從左邊的五年二班、五年三班、右邊的四年八班、四年七班、甚至還有從五年四班跑來看熱鬧的人，丁柯與莊炫博則是來自樓上六年四班的學長，此時他們也跟其他觀眾們站在五年一班和五年二班交界處的走廊上，望著三個女生扶著一個受傷的女生從教室裡面走出來。

4

（星期四早上十一點五分，四年七班與四年八班走廊交界處）

「齁，李威森你這下死定了，你把五年一班女生的頭給打到流血了。」我的損友楊益廷說，雖然他是我的好朋友，但是，當我遇到麻煩事的時候，他就會搖身一變，成為一個專門會落井下石的人。我完蛋了，為什麼那個球會飛得那麼遠，還把人打到流血，媽咪回國後肯定會殺了我的。嗚——嗚——嗚——，蔡閨老師一定會去跟小阿姨說的，那小阿姨會怎麼想？我會被記大過嗎？會被打嗎？要賠很多錢嗎？天呀，我該怎麼辦？怎麼辦呢？一群女生在我旁邊指指點點，她們肯定是正在說著一些比批評我胖還要難聽的壞話，但是，我哭得太傷心，以至於無法聽得清楚她們到底是在說什麼。接著，蔡閨老師出現在教室走廊，八成是消息傳到老師辦公室去了。老師把我們那群打棒球的人給找了進去，我哭得滿眼通紅，看不清楚蔡闓老師的臉，但，我猜，她的臉現在應該是黑青色的。

5

（星期四早上十一點六分，五年一班門外走廊）

兩個女同學手牽著手，從樓梯走上來，往五年一班的方向走過來。當中一個綁著公主頭、戴眼鏡的瘦女生，就是莊芝寶，她一看到莊炫博，就往他所在走廊的方向走去。而她身邊的那位女同學則是馬上衝進去教室，詢問班上同學剛剛才發生、卻已經快傳遍全校的流血大新聞。

「哥！你來找我的嗎？聽說我們班剛有人被棒球給打到流血，你有看到嗎？我們剛才去一樓上廁所。」莊芝寶說。丁柯估計，眼前的這位女孩，體重應該沒有超過三十公斤。

他們三個人開始討論剛剛發生的流血事件，沒想到許冠美坐在教室，也會被棒球給打傷，這真的是天外飛來的橫禍，她實在是太可憐了。接著，莊炫博表明他們來五年一班的目的。

「阿寶，這是我同學，他有事情要問你，我昨天跟你提過的。」莊炫博說。

「恩，對，炫博說的對，我有個祕密想要跟你打聽，不過，我們最好到旁邊去說比較好。」丁柯突然故作神祕樣，把莊芝寶與莊炫博帶離開五年一班教室裡眾同學們的視線。

「到底是什麼祕密呀？」莊芝寶問。

「你不能告訴別人。」

「我發誓。」

「好。是這樣的，我們班上有一個人偷偷地在暗戀你們班上的人。」丁柯越說越小聲。

「啊，什麼？竟然有這樣的天大八卦？六年四班有人在暗戀我們班？」莊芝寶十分驚訝，她的臉上就好像是寫滿了上億個驚嘆號，並且，她急切地想要深入了解這則八卦新聞。

「噓，對呀，就是這樣，小聲一點。這個祕密呢，我們是可以讓你知道，但是，條件是你必須幫我們保密，這，你可以做得到嗎？」丁柯更加神祕地表示道。

「當然可以呀，放心，這種祕密的事情，告訴我就對了，我絕對不會去告訴別人的。趕快告訴我，那個暗戀的人，是暗戀我們班的男生，還是女生？」莊芝寶說。

「女生。」

「女生，那她姓什麼？」

「姓莊。」

「姓莊？天呀，我姓莊，這該不會是我吧！趕快告訴我是誰？」莊芝寶的臉頓時紅了起來，她用雙手摸著自己的臉頰、睜大眼睛，眼睛眨呀眨的，越眨越快了。

「你保證絕對不會說出去？」丁柯正經地問道。

「我再次發誓保證！」

「好，那我告訴你，我們班上的那個同學所暗戀的人就是你們班的——莊、可、菲。」

「什麼，是她？那莊可菲自己知道嗎？」莊芝寶的臉上瞬間閃過那一絲毫的洩氣表情，但馬上就轉變成充滿興趣與好奇的表情，她繼續追問著。

「她還不知道，但是，我同學準備要跟她表白了。」丁柯說。

「表白？」莊芝寶大聲說完後，趕緊用右手摀住嘴巴，露出不可置信的表情。

「對呀，就是這樣，所以我們想要先跟你打聽有關她的一些事情，希望你願意幫忙我們班的同學，也就是你的學長。」

「沒問題，沒問題。那你們想要問什麼呢？」莊芝寶頻頻用右手比著ＯＫ的手勢。

「你知道莊可菲她在你們班上跟誰最要好嗎？」

「恩，其實可菲她跟我們班每個人都差不多好，她跟我也不錯。但是，我覺得她最要好的朋友應該是和她一起上『帝境美語』班的同學。」

「喔，那你知道莊可菲是念美語幾級的嗎？她跟美語班的誰最要好？」

「第八級，我確定是第八級。而且有一次我們老師問說，英文已經有學到『現在完成式』的人舉手，全班只有她一個人舉手；她當時就有說她已經念到『帝境美語』的第八級了。她是我們班英文學到最高級數的人。跟她最要好的人，好像有聽她說過，是一個六年級的女生，但是我不知道中文名字。」

接著，無情的上課鐘聲催促著，中止了丁柯想要繼續問的問題。

6

（星期四早上第四節，六年級四班教室）

進教室上課的時候，丁柯整個腦袋都無法專心，因為莊芝寶說，跟莊可菲最要好的女生竟然是一個在美語第八級的六年級女生，那這樣的話，是表示手機共犯的範圍擴大到六年級嗎？還是意味著，莊可菲本來就跟四年八班的手機失竊案沒有關係呢？先不管莊可菲到底與手機失竊案有沒有關係，她肯定是與祕密任務有關係，那莊可菲的媽媽在這裡面會是扮演著怎樣的角色呢？此時的國文老師，正在黑板寫筆記，丁柯邊抄著黑板的筆記，邊思考著問題，分心的結果產生嚴重精神交戰，中午下課鐘響解救了他。丁柯想要把握午餐的長時間去打聽更多消息，所以，他找莊炫博要下二樓去找莊芝寶。但是，就在他們兩人要出去的時候，卻出現二個女同學在六年四班的門口要找丁柯。

「請幫我們叫一下丁柯學長，謝謝！」柳雯倩大聲且有禮貌地對著走出來的丁柯與莊炫博兩個人說道。

「恩，我就是。」剛走到門口，要出門的丁柯回答到。

「啊，你就是丁柯學長？宜慧，他就是耶。」柳雯倩對著身旁的何宜慧開心地大喊著，丁柯聽到另外的那個學妹的名字是「宜慧」，就知道他們是四年八班，他更知道何宜慧就是在星期一遺失智慧型手機的失主。

「恩，……」宜慧頓時不知怎麼開口，支支吾吾地呆站著。

「我知道你是誰，我本來就有想要去找你，沒想到你先找來了。這個是我的好朋友——莊炫博，我們會一起幫你解決你的問題。」沒等宜慧開口，丁柯馬上跟眼前的這兩位學妹介紹他的好朋友，並表示要帶她們到角落那邊去談，這讓原本很緊張、不擅表達的宜慧輕鬆不少，也成功化解了她們原先擔心會存在的尷尬。

「哇，丁柯學長好酷喔！」對於丁柯比同年齡的學長更加成熟的表現，柳雯倩露出超級崇拜的表情。她們走在學長的背後，柳雯倩跟何宜慧小聲地談論著丁柯學長。接著，四人走到角落就定位。

「我們聽我們班的蔡明哲說，你們正在調查何宜慧手機被偷的事情，而且還可以幫李威森作證，證明他真的不是偷何宜慧手機的兇手。」柳雯倩幫忙何宜慧開口搶先問道。

「恩，是的，你們為什麼始終懷疑李威森？」丁柯直接點頭稱是，反問道。

「因為他真的是太可疑了！你們知道他剛剛打棒球，不小心去打傷五年一班的一個人嗎？」柳雯倩手舞足蹈地表示。

「天呀，我們是知道五年一班有個女同學被棒球打到，但是，不知道那顆棒球竟然是李威森打的。那他不就是一波未平一波又起，實在是衰到爆表了！」莊炫博不可置信地猛搖頭說著。

「可是，就算李威森是不小心丟球去打到人，你們也不能因為這樣就認為他有去偷手機呀。」丁柯十足冷靜地對眼前的這二位學妹表示。

「因為他一直想要跟我搶著玩何宜慧的手機，而且，我們班也有人發現星期一放學的時候，他還鬼鬼祟祟地待在學校裡面沒有回家，所以，他的嫌疑真的很大。」

「我的那支手機是去年暑假的時候買的，才用半年多，還很新，而且是三星的，不是那種沒牌子的，李威森知道這件事情。」何宜慧接著說。

「不過，你們班很多人都應該知道這件事情，倒也不能因為這樣就懷疑李威森就是偷手機的人吧?!」莊炫博也幫李威森講話，反駁道。

「因為他說不出為何他放學後還待在學校的原因，他跟我們老師說因為他拉肚子。但是，怎麼可能每天都拉肚子，那實在太扯了。我上週也有看到他很晚才回家。」柳雯倩說。

「這有可能呀，他那麼愛吃，會拉肚子很正常。」莊炫博故意如是打趣道。

「除了李威森之外，你覺得你們班還有誰比較可疑的？」丁柯故意拋出這個問題，讓何宜慧陷入一陣思考，繞開李威森是頭號嫌疑犯的這個永無止盡的話題。他覺得李威森真是霉運當頭，屋漏偏逢連夜雨，參加健康調查活動被整、成為手機嫌疑犯、打棒球把人打到流血，幾乎「華威國小」裡的所有衰事都給他遇上了。

「恩，我不知道。」何宜慧聳聳肩，這對她來說實在是一個太難回答的題目了。

「你還記得星期一的時候，當你把書包拿出去外面走廊上放的時候，有誰站在你附近嗎？」丁柯繼續問道。

「有很多人，那個時候，王佳佳、周婷、柳雯倩、陳育中……等，他們也都把書包拿到外面來放。」何宜慧緩慢地說著，當她停頓的時候，柳雯倩就幫忙接話說著。這一句話是她們兩個人共同完成的回答。

「那，你記得你的書包是跟誰的放在一起嗎？」

何宜慧看著柳雯倩，似乎她不知道怎麼說明清楚。

「宜慧的書包是跟我的放在一起，我們的書包都是按照座位放的。因為何宜慧的左邊就是我，她的右邊是王佳佳，前面坐的是周婷，後面坐的是陳育中。」柳雯倩代替回答。

「恩，……」丁柯陷入一陣思考，莊炫博馬上快步地跑去教室的窗戶旁邊，跟窗邊的同學要了紙跟筆，然後拿給丁柯。丁柯把筆遞給柳雯倩，要他們畫下了當天教室外的走廊上所擺放書包順序的圖。

「那麼，你們大家把書包放在外面之後，做了什麼？」丁柯問。

「我們就開始大掃除了。」兩個女生同時答到。

「那有沒有可能有人在何宜慧放完書包之後，就馬上把何宜慧的手機給拿走，而且不被看到？」丁柯問。

「有可能，那就除非他是最後去放書包的同學。但是，他也只能一直把它藏在口袋裡面，這樣在上課的時候很容易就會被同學給發現的。」柳文莆負責回答，何宜慧在旁邊點頭。

「為什麼小偷只能一直把它藏在口袋裡面？」莊炫博問。

「因為當天我們老師要全班互相檢查隔壁同學的書包，每個人的書包都被倒出來檢查，確定沒有手機，所以，那個小偷一定不是把手機放在他的書包裡面呀。」柳雯倩鬼靈精怪地說。

「但是，你們班有人是自己一個人去放書包的嗎？」丁柯再問。

「不知道。」兩個女生皆聳聳肩，表示不清楚。

「恩……，好吧。那先這樣，我們大家都去吃午餐吧！我需要好好思考一下。我跟蔡明哲是上同一個美語班，如果一有消息，我會先告訴蔡明哲與李威森他們。」

「我們跟李威森也是同美語班耶，我們都是念第五級的。」柳雯倩說。

「喔？」同時段在隔壁班補習的莊炫博與丁柯，他們兩個人竟然不知道這兩個學妹是跟李威森在隔壁班上美語第五級。

「對呀，我們班上有很多同學都是上星期三和星期五的第五級班喔，有李威森、何宜慧、我、王佳佳還有楊益廷，我還知道你們兩個是上星期三的全民英檢班。」

柳雯倩邊說，邊用手指數著他們班有上「帝境美語」第五級班的人……

7

（星期四下午第二節下課）

到了下午第二節下課，丁柯與莊炫博兩人終於有時間再去五年一班找莊芝寶了。他們下午的時候被他們的班導劉武雄老師叫去幫忙移動書櫃，劉老師說教室的書櫃擺設要改變一下位置。「華威國小」每間教室的格局大小都是一樣的，所以丁柯在移動書櫃的同時，頭腦就在模擬著五年一班的人，從教室裡面往外可以看到四年八班走廊上的情況。此時的兩人，邊走邊交換對李威森這兩個案子的意見。丁柯把他剛剛上課思考所獲得的邏輯告訴莊炫博，他們正在三樓的走廊上，準備要走下樓去。

「那你覺得莊可菲有可能與何宜慧手機失竊案有關嗎？」莊炫博問。

「五年一班與四年八班就在隔壁，如果要說，五年一班的人趁四年八班在大掃除的時候，去偷拿何宜慧的手機，然後再偷偷地跑進五年一班的教室，把手機放在她自己的書包裡面，是有可能的。問題是，那個時間，五年一班正在上課，在上課中的莊可菲，她要怎麼走出教室去隔壁走廊上偷拿手機呢？而且，從五年一班或是四年八班裡面，坐在某些角度的同學，是可以看得到走廊上面的情況的，尤其是坐在五年一班靠近黑板與門口位置的人。」丁柯像是自問自答地推翻自己的理論。

「但是，如果有人幫忙掩護的話，情況就不同，那事情就好辦了。所以，如同我之前分析地，這肯定有人幫忙把風。」丁柯篤定的再次下了這個結論。

說著，說著，他們倆人已來到五年一班教室門外，莊芝寶從教室裡面看到他們，馬上從教室裡走了出來。一出來，她就開始播報許冠美受傷案的最近進展。

「冠美她已經回家休養，醫生說她需要跟學校請幾天假，聽說在眉毛上縫了六針，將來眉毛也可能會長不出來，真是超級可怕的。你們看，那個就是冠美的美語班同學，他一聽到救護車載走的人是許冠美，馬上就跑來我們班問許冠美的情況。」阿寶他們三人站在走廊的角落，她指著後門那裡的一個四年級的男生，他正站在五年一班的後門跟一個半站在教室裡面的女生在說話。

「傷得這麼嚴重呀，沒想到只是被棒球打到而已，就要縫六針。」莊炫博驚訝道。

「是呀，所以剛才我們老師說，許冠美應該沒有辦法去校外參加英文朗讀比賽，可能會改派趙柏含或是莊可菲上場去代打。啊，說曹操，曹操就到。」莊芝寶指著一個正從教室裡面走出來，往外面的洗手台方向走去的一位身材高挑的女生。

「那個頭髮很長的女生就是莊可菲。」

「她在我們班還有一個綽號叫作金魚。嘴唇超厚，而且還很大。她哥哥是念六年級，如果妳們有看過她哥哥的話，會發現她哥的嘴唇也跟她的一樣，兩個人長得超像，」

「她的嘴唇的確是還蠻……突出的。」莊炫博望著正在洗手的莊可菲說。丁柯亦有同感，不過，此時他更想知道的是關於莊可菲的家庭資料，而不是外表。

「對了，關於莊可菲，早上還有些問題沒問完。你知道她爸爸和媽媽是做什麼的嗎？」

「知道呀，他們家是作紡織的，然後她媽媽還是個小說作家喔！聽說她媽媽很有名，難怪可菲是作文比賽冠軍，她要是沒拿冠軍的話，就太丟臉了。」

「喔，有名的小說作家？那妳知道名字嗎？」

「我只知道筆名，一個姓氏很特別的筆名，姓墨，墨水的墨，好像是叫……，恩——，啊，我忘了。」莊芝寶尷尬地吐了舌頭。

「沒關係，那你再幫我們問她，好嗎？」

「我儘量，可是不保證問得到喔，因為我怕她會覺得很奇怪。」

「好。那莊可菲她每天中午是吃營養午餐、還是她媽媽送來、還是自己去買便當的？」丁柯問。

「喔，可菲她都是她媽媽送來的便當，因為他們家就在附近，她中午都會去校門口拿便當。有時候我們會一起吃飯，有時候她們三朵花會一起吃飯。對了，你們知道我們班的三朵花是誰嗎？」

丁柯與莊炫博表示知道，他們早有耳聞「三朵花」這個詞所代表的意義與名聲。

「那你有沒有注意到，這一兩個星期，中午的時候，莊可菲比以前還要晚把便當拿進教室？」丁柯問。

「被你這麼一說，好像有耶，你怎麼知道？她好像從上星期開始，就經常比較晚拿便當進來，所以她都一個人吃，沒有和我們一起吃。」

「那她這兩個星期的中午有吃過麥當勞套餐嗎？」

「沒有。如果有的話，那我們一定會過去跟她要薯條吃的，呵呵。」

「你可不可以再幫我問她一個問題，但是不要告訴她是我問的。」

「這是當然的，放心，所有一切的一切，我都不會讓她知道的。」

「你幫我問她，就說，你在星期一和星期二的時候，在校門口有看到她媽媽多送一份麥當勞套餐給她，那是要給誰吃的？她怎麼沒有吃麥當勞套餐。然後看她會怎麼回答。」

「恩，好。可是，為什麼要這麼問她呀？」莊芝寶問，她完全不了解這當中的意義。

「喔，恩，因為這是我們班那個暗戀她的同學，每天中午跟蹤她去校門口所發現的奇怪現象。他很好奇，所以想要知道這件事情的原因。當然，他也想要邀請莊可菲一起去吃麥當勞。」

丁柯急中生智地掰了一個冠冕堂皇的理由。

「天呀，那個學長好癡情喔，竟然每天中午去跟蹤可菲。」莊芝寶大叫著。

「是呀，可是令人納悶的是，為什麼她媽媽要送一個便當外加一份麥當勞套餐給她呢？」丁柯說。

「好，我會找機會問她的。」

最後一個問題，莊芝寶的回答證實丁柯的猜測。五年一班星期一的最後一節是體育課，但是，這個星期一，他們的體育老師突然發高燒請假，所以，他們班就改成是導師時間。

而蘇老師決定讓她們開同樂會。這個答案大大提高了五年一班的人成為手機嫌疑犯的可能性。至於旁邊的四年七班的人，丁柯的堂弟剛好就在那個班，他確定他們下午的最後一節課是在音樂教室，所以沒有嫌疑。接著，無情的上課鐘響，丁柯沒法再多問下一個問題，他與莊炫博趕緊跑回教室。

他們倆人進到教室，趁老師還沒來的空檔，莊炫博提出了他心中的疑問。

「我剛聽你問阿寶的那些問題，你是不是認為李威森所拿到的麥當勞套餐是莊可菲的媽媽送來的？」

「恩，我覺得這是最可能與最方便的送餐方式。你想想，李威森說他坐在教室裡面，莊可菲就會把麥當勞套餐到教室給他，這是為什麼？為什麼莊可菲不讓李威森自己去校門口拿？這個原因只有一個，那就是莊可菲不想讓李威森看到送麥當勞套餐來的人是她媽媽——一個跟社團活動主辦單位不相關的人。當然也有可能是其他人送給莊可菲，然後，莊可菲再送去隔壁的四年八班給李威森，可是如果是這樣的話，她可以直接就讓李威森自己去大門口拿就好，為何還要去大門口幫他拿、然後再拿過去隔壁的教室給他呢？」

「但是，如果是這樣的話，這就表示莊可菲的媽媽與這個健康調查送麥當勞套餐脫離不了關係囉？」

「沒錯！我始終覺得這案子一定會跟大人有關，因為只有大人才可以在中午的時候去買麥當勞套餐，小孩子都要上學且不能外出，是不可能辦得到的。」

「可是，莊可菲的媽媽為什麼要答應幫忙對李威森惡作劇呢？而且，手機遺失的案件又該怎麼解釋？」

「不清楚，這就是我怎麼也想不透的地方，有可能可菲的媽媽並不知情或不知道全貌，這要看莊可菲到底跟手機失竊有沒有相關。第一種情況，如果莊可菲與手機失竊案有關的話，那麼麥當勞活動的一切，肯定就是莊可菲與幫兇他們設計的，錢也是她們出的，她媽媽肯定是在不知情的情況下去幫她們買麥當勞套餐的；反之，第二種情況，如果莊可菲與手機失竊案沒有關係的話，那麼她媽媽就會知道麥當勞活動的事情，但是，她媽媽為什麼會答應呢？此外，這也表示偷手機的人是另有他人。」

8

（星期四下午第三節以後）

今天早上的打棒球流血事件，蔡閨老師把我們所有打棒球比賽的人給狠狠地教訓了一頓，所有的同學一致地把責任推給我，因為球棒是我帶來的、棒球是我帶來的，棒球手套也是我帶來的，最重要的是，把人打到流血的關鍵性一球，就是我扭腰擺臀去揮出去的。大家超級會打小報告，頓時間，我覺得全世界的人都背叛了我，我好難過，難過到不自覺地哽咽哭泣。我好氣陳育中，要不是他去拿我的棒球棒來，事情也不會演變到這麼激烈悽慘的情況，我也不會去揮棒子打球，然後，釀成這起流血事件。完全沒有人去提一開始只有我和楊益廷兩個人在玩投球和接球而已，而我再多的解釋也只會被罵得更慘烈；因為蔡閨老師說在走廊上連投球與接球都不可以，這些都是被嚴格禁止的行為，所以，最後，我只好接受這所有的一切都是我的錯。參與棒球遊戲的人要罰一個星期的勞動服務——去操場拔草與倒垃圾，外加寫一篇一千五百字的悔過書，寫不出來的，就寫「我以後會當個守秩序的好學生，從此不在走廊上玩球與過度喧嘩。」一百次。大家都選擇後者，雖然好像總字數是兩千七百字，比一千五百字的悔過書多出很多字，但是，這是最簡單、省事又方便的作法，寫一千五百字的悔過書會讓人想破頭，而且想到最後，可能還是寫不出來。

蔡閨老師最後表示要打電話給我家長，我哭著回答爸媽都出國，我住在小阿姨家。我越哭越慘，我想著，如果是媽咪回國，我會被罵死，而如果是爸爸回國，我肯定會被打死。蔡閨老師表示她無論如何一定要打，因為，她要帶我去醫院看那個受傷的同學，並跟她道歉。接著，蔡閨老師的那通電話就讓我在小阿姨面前成了一個罪人，完全沒有了面子，我哭著站在蔡閨老師的旁邊，頓時覺得天空一片黑暗，完全不敢想像電話那頭的小阿姨會是怎麼反應。接著，在下午四點放學的時候，小阿姨來到教室外面。我一看到她，馬上抱著她大哭特哭。小阿姨完全沒責備我，她表示，沒關係，知道錯就好，她要我下次別再犯了。我好感動，暫時忘記我還有爺爺、奶奶、外公和外婆這些霹靂疼我的人，我覺得小阿姨是全世界上最霹靂疼我的人了！小阿姨頻頻跟蔡閨老師說抱歉，說造成她的困擾……等等。蔡閨老師說，被我的棒球打傷的人是五年一班的人，叫作許冠美，我以為只是黑青流血，沒想到竟然是傷到要縫六針這麼嚴重；醫生說她的皮肉都綻裂開來，可能有傷到真皮層，將來眉毛會長不出來。但令我感到更可怕的是，蔡閨老師說，她的爸爸是其他國小的訓導主任，外加她的媽媽是某醫院的護理長，這兩種人加在一起將會成為史上霹靂會罵人的無敵雙人組，我開始想像我鐵定會被罵到淒淒慘慘、體無完膚，他們一定會責備我怎麼可以在走廊上打棒球，竟然從事如此危險的運動！這一次是傷到眉毛，沒有傷到眼睛，但是，萬一打到眼睛怎麼辦、要怎麼賠償？他們絕對會把比蔡閨老師罵人的措辭還要厲害上千倍。光是用想的，我的頭皮就霹靂發麻了。

我坐在小阿姨的車上，跟在蔡閨老師的車子後面。小阿姨一路上都沒有責備我，她要我一進病房，就跟許冠美說：「真的很抱歉，我不是故意的！」，還跟我沙盤推演各種可能的情況，我因此感覺放鬆不少。在這如此非常時刻，能有如此溫柔賢慧又聰明理智的小阿姨陪伴我真是霹靂美好。我認為身為地方記者的小阿姨比身為美術設計師的我媽咪還要清楚接下來會發生什麼事，而且她都會事先作好準備。如果是我那個情緒化的媽咪在的話，這一路上到醫院門口，我肯定都會被她瘋狂責罵的，而且，她可能還會氣到滿臉通紅，然後，語無倫次。在我們抵達了醫院附近、停完車子之後，我們就跟著蔡閨老師一起從停車場走去醫院的電梯。我們上樓進了急診病房之後，我看到被我打傷的那個女生，她的左邊額頭上已貼了紗布。蔡閨老師首先劃破寧靜，然後，我向許冠美致意道歉。許冠美說，早上她被送到保健室以後，她的班導師也趕過來看她的傷勢，然後就打電話給醫院和她媽媽。她的媽媽是臨時請假趕過來，她媽媽很溫和地表示，這只能說是冠美命中註定、逃不過的小劫，因為她是坐在教室裡面，並不是出來在走廊上；如果連坐在教室裡都會被棒球給打到，就表示在劫難逃，所幸沒有她傷到眼睛。就這樣，三個大人們開始把原罪都推給命運，對我則是完全沒有任何責備、謾罵或批評……，我頓時覺得好舒坦，放下了心頭上那一塊霹靂害怕的大石頭。至於，為何被一顆棒球打到會受傷到要縫六針呢？據猜測是因為那顆棒球的車線有些裂開的緣故，棒球的表皮翹起來之後，就像是小刀一樣，一不小心就會被刮傷，那棒球表皮就跟小刀一樣利。

一月十六日到一月十七日

1

（一月十六日星期五早上）

星期五早上的下課時間，四年八班的王佳佳與五年一班的趙柏含兩個人在福利社的外面聊天。她們兩個人似乎不打算買東西，只是站在福利社的外面講話。趙柏含帶了一包樂事洋芋片，打算和王佳佳一邊聊、一邊吃。

「妳們班的許冠美真是可憐，竟然被我們班的李威森給打傷，還被救護車送去醫院，她現在還好吧？」王佳佳咬了一口洋芋片後問道。

「我們班同學說她心情好像不太好，聽說她縫了六針，醫生說將來眉毛可能會長不出來，而且可能也會留下疤痕，她很傷心。」趙柏含吃著洋芋片，一派輕鬆地回答道。

「啊，這麼慘呀？真是好可憐。」王佳佳驚訝地表示。

「不曉得她會請假請多久。」趙柏含有點自言自語地說著，再從袋子裡拿出一片洋芋片吃著。

「對了，你為什麼要特別拉我下樓來這裡講呀？」王佳佳像是突然想到什麼地問道。

「因為我不想讓別人聽見，我覺得上次在妳們班外面講話時，好像有被你們班長給聽到，她一直在看我們。」趙柏含答。

「可是，我們有講到什麼祕密嗎？我們什麼也沒有講呀，你會不會想太多？」王佳佳邊說，邊伸進去趙柏含手中的包裝袋裡再拿出兩個洋芋片。

「總之，來這裡講比較保險。對了，我們老師說，如果許冠美趕不及參加比賽的話，就會派我去校外參加英文朗讀比賽。」

「真的呀，那祝你得獎回來喔！我會幫妳加油的！」王佳佳開心地表示。

「都給你吧！我吃不下了。」趙柏含說著，便直接把整包洋芋片都給了王佳佳，王佳佳笑著接過洋芋片。

「聽說這是一個協會所舉辦的比賽，每所國小都可以推派二個代表去參加。老師們已經決定，第一個代表是推派校內英文朗讀比賽第二名的鄭雅如，就是那個五年三班的班長，而第二個代表則是由我們五年一班的老師再推派一個理想人選去遞補許冠美的缺。至於校內英文朗讀比賽第三名的那個同學，很容易會怯場和緊張，所以，學校評審老師不放心，決定要派其他人上場代打。」趙柏含接著補充道。

「原來你找我來就是要跟我說這個。你要告訴我，妳就是那個『其他人』，對吧?!」王佳佳笑著打趣道。

「恩，前提是，如果許冠美那時沒有回來上課的話。」趙柏含眨眨眼、點點頭。

此時，丁柯與莊炫博再次來到五年一班的門口要找莊芝寶打聽關於莊可菲媽媽的相關資訊，但是，因為這次莊炫博沒有事先跟她說，莊芝寶已跟同學下樓到福利社買東西，所以，他們決定在走廊上碰運氣，看她這個大小姐是否會在上課鐘響前回來。莊炫博注意到他們昨天看到的那個來詢問許冠美傷勢的男生，此時，也同樣在後門口與五年一班裡面的一個女同學在講話，上次也是他們兩個人在講話。

「我猜那個男同學應該是四年級的。」莊炫博看著那位男同學說。

「恩，應該是，五年級的身高應該不會這麼矮。」丁柯從莊炫博的視線看過去，答道。

「印象中，我覺得最近好像有在哪裡看過他，但是卻一時間想不起來。」莊炫博皺著眉頭表示。

2

（一月十六日星期五放學後，在帝境美語補習班）

再過兩天，我媽咪就會回台灣，她星期日就會來小阿姨家接我回去。在我千拜託、萬拜託的情況下，小阿姨終於同意，在我媽咪回台灣以前，不讓她知道我昨天在走廊玩棒球去打傷人的事情。因為我媽咪天生就是一個霹靂會窮緊張的人，外加我又是獨生子，她變成霹靂容易大驚小怪與瞎操心，如果小阿姨打電話跟她說我玩棒球打傷人的話，她罵歸罵，但是她肯定會擔憂到無法專心工作，煩惱我在台灣的一切，或是在瞎操心她自己所假想的未來情況，甚至還會煩惱到失眠。我的三個阿姨都已經當媽媽，但是卻沒有一個阿姨是像我媽咪如此容易操心與擔憂的。我小時候非常調皮，記得在我四、五歲的時候，我一個人在玩彈珠，忘記到底是怎麼玩的，一不小心我就把一顆彈珠給吞了進去。我哭得很大聲，努力地想要把彈珠給吐出來。當下，我爸爸馬上抓起我的雙腳、把我整個人倒立、朝地板方向在空中甩了幾下，他甩著我，邊拍著我的背，並用手指碰觸我的喉嚨；終於，我順利地把那顆彈珠給嘔吐了出來，過程實在是有驚無險。我看著那顆彈珠從我喉嚨裡掉到地板上，邊跑、邊彈跳著，接著滾得好遠。但是，當我被放下來時，我和我爸爸，卻都被我媽咪給嚇了一大跳，你們猜是發生了什麼事情？我媽咪竟然全身軟趴趴地躺在旁邊的地板上，而且怎麼搖都搖不醒。我跟我爸爸完全不知道她是何時昏倒的，猜想是我爸爸把我抓起來倒立的那時候，她就因驚嚇過度而暈倒了；否則的話，我媽咪絕對會過來幫忙我爸爸，例如：幫忙用力拍我的背之類的事情。接著，我媽咪被送去醫院，然後，在我媽咪醒來之後，我還安慰我媽咪，叫她不要害怕、不要哭。所以說，像我媽咪如此愛操心與煩惱的個性，加上她那顆天生就虛弱的心臟，小阿姨怎麼可以現在就打電話去美國告訴她——我打傷人，而且，那個女生還被送去醫院給縫了六針呢？小阿姨覺得我說的話霹靂有道理。

現在時間是四點五分，距離美語上課時間還有將近半小時，我把書包放在「帝境美語」的教室裡面後，就看到丁柯學長與莊炫博學長出現在教室前門；在發生流血事件之後，我很高興看到他們來找我，他們約我到二樓的教室聊聊。我一坐下，就把昨天打球傷到人的事情、小阿姨的反應、以及去醫院的情況都一五一十地跟他們全程轉播。

「那這樣，你的小阿姨真的很疼你耶，不但沒罵你，而且還幫你暫時保密。」丁柯學長說。

「因為我真的不是故意的呀，那真的是一場意外。我小阿姨人真的超好的，而且，她還是一個很會烤甜點與餅乾的記者喔！昨天聽小阿姨說，她今天要去參加一個電視舉辦的烘焙比賽，我相信她一定會拿冠軍回來的！」

「參加電視節目舉辦的比賽？那可見你小阿姨的烘焙手藝真的是很棒喔！」丁柯學長稱讚地表示。我驕傲地點頭稱是。

「對了，威森，我們找你來，是因為關於那個手機偷竊案，我們還有一些問題想要再問你呢。」莊炫博學長說。

「沒問題呀，你們想問什麼就直接問，我一定有問必答！」我大方地回應道。

「其實這個問題，我們應該是要去問何宜慧本人，但是，因為每次問何宜慧，她的話都很少，她比較不知道怎麼表達，而且，她應該是沒有提防到她身邊的一些人，才會被偷手機，所以，我們想從旁觀者的角度來了解狀況，所以，問你也是一樣。」丁柯學長補充道。

「沒錯！」我霹靂同意地大聲附和，「何宜慧她的話很少。而且，每次我們學校班導蔡老師問她問題，她都不會表達，常常支支吾吾地連話都講不清楚。」

「你覺得在你們美語班裡面，何宜慧是跟誰最好？然後，在學校裡，何宜慧又是跟誰最要好呢？」在丁柯學長說話的同時，我注意到他今天的頭髮比之前更捲了。

「那一定都是王佳佳呀！因為何宜慧——不管是在美語班和在學校——她都是跟王佳佳坐在一起，所以，她們感情會很好。」我說。

「喔？不是柳雯倩嗎？昨天柳雯倩還有陪她到我們教室來。」莊炫博學長皺著眉頭，疑惑著。

「不是，那應該是柳雯倩自己雞婆與好奇。因為我經常看到何宜慧去找王佳佳，而且她們常玩在一起，每天都會一起分享零食，她們兩個的成績比較好；柳雯倩比較愛玩，成績比她們差。」我十分確定地回答。

「原來如此。那王佳佳，她在你們美語班除了跟何宜慧比較好以外，還有跟誰比較好呢？」丁柯學長繼續問道。

「趙柏含，是五年一班的。」

「五年一班的？」丁柯與莊炫博學長幾乎是同時覆誦出同樣的話，此時，他們倆個交換了一下眼神，不曉得為何他們會對這個答案感到很意外。

「對呀。他們三個感情都不錯，美語下課時都會聚在一起玩手機，但是，我覺得王佳佳跟趙柏含的感情又比王佳佳跟何宜慧的感情好。有些時候王佳佳和趙柏含兩人會在美語班講祕密，但是不讓何宜慧知道；聽美語班的同學說，何宜慧曾有幾次還因為這樣在哭呢……」

3

（一月十七日星期六下午）

丁柯的家與莊炫博的祖母家剛好是隔壁鄰居，所以，每當莊炫博來他祖母家的時候，他一定會去隔壁找丁柯。此時，他們兩人正在客廳裡，一邊喝著寶礦力飲料、一邊聊天；而下午稍早的時候，他們兩個人是在學校裡打球。丁柯的父母親都是醫生，週六白天從不會在家，所以，現在客廳就成了他們兩個人專屬的天下。昨天李威森所提供的「王佳佳是何宜慧在班上的好友」以及「四年八班的王佳佳最好的朋友是五年一班的趙柏含」這兩條訊息，此時被他們兩人給拿來作熱烈討論。

「四年八班的左右分別是五年一班與四年七班，而我們之前曾經討論過，因為當天四年八班的全班同學書包都有被檢查，而四年七班當時是去上音樂課，教室裡沒有人，所以，最有可能來偷何宜慧的手機的人應該是五年一班的人。王佳佳是何宜慧的好朋友，然後趙柏含是王佳佳美語班的好朋友，同時也是美語班下課時會一起玩何宜慧手機的人。」丁柯說。

「恩，這樣看來，趙柏含的嫌疑蠻大的，她可能是幫兇，也可能是主謀。」莊炫博跟著分析道。

「姑且不論誰是主謀，趙柏含與王佳佳肯定是一起犯案，他們都與何宜慧同美語班，很熟悉何宜慧的手機，所以，他們合作偷了手機之後，是把手機藏在趙柏含那兒，也所以王佳佳的書包沒有被檢查到手機。那麼，接下來就剩下毀滅贓物證據的部分。我們當時的假設是，因為星期一與星期二他們都有事情，所以，她們拖到星期三晚上才用大剪刀把手機套給剪碎，然後，在星期四早上的時候，當中一人故意遲到，趁大家都在早自習時，把手機碎片與SIM卡給丟進公用的大垃圾桶裡。」丁柯接著假設。

「所以，我們只要再確定，趙柏含或王佳佳在星期四早上那天是否有遲到，這個手機案件的一切很快就可以水落石出了。那麼，關於麥當勞套餐事件，你覺得兇手是誰，又是為了什麼，要花幾百元來整李威森呢？」莊炫博提出疑問。

「這個……就需要再多想想了，偏偏我們今天又要上自然課，沒有時間再去問妳妹妹。」

「她現在跟我姑姑她們去台中逛百貨公司，沒辦法問她。」莊炫博無奈地表示。

「沒關係，至少我們對手機偷竊案已經有所眉目了，接下來只要專攻麥當勞套餐案，速度就會快了。」

「那現在，我們不如來放輕鬆，看看有什麼好看的電視節目吧！」莊炫博喝完一罐寶礦力，從桌上拿起遙控器，一台接一台地瀏覽著、轉著。

「這時間應該沒有什麼好節目可以看。喔、喔，不，等一下，你再轉到上面那台看看。」丁柯突然大叫著。

「哪一台？這個嗎？」莊炫博把遙控器往上轉，鏡頭停在一個古裝片頻道。

「不是，要再上一個，我剛剛好像看到李威森說的那個烘焙節目。」丁柯像是發現新大陸般地說著。

「這個？」莊炫博問。

「對，就是這一台，你看！」丁柯從沙發上跳起來，指著電視螢幕大聲喊著。

丁柯仔細地看著電視，有三組圍著粉紅色圍裙，帶著粉紅色帽子的媽媽們在比賽，後面的背景寫著「烘焙媽咪電視冠軍賽」，現在節目已經進行到評審講評的部分了。

「不曉得李威森的小阿姨是叫什麼名字？」丁柯睜大眼睛認真地

看著。

「可惜我們太晚看了，節目已經快演完了。」莊炫博洩氣地表示。

「主持人說現在已經進入總決賽，這表示李威森的阿姨是已經通過初賽與複賽，才能進來決賽的。」丁柯說。

「對，而且都是媽媽，必須是具備媽媽身分，有小孩的人才能來參賽。」莊炫博說。

「原來這是媽媽們專屬的烘焙大賽，呵呵，還真有趣。」丁柯很感興趣地觀賞著。

節目已經進行到最後，現在是主持人在訪問冠軍得主——第三組彰化隊，來自彰化的姚淑芳和梁玫兩位媽媽。

「你剛剛有沒有聽到主持人說的？彰化隊！」丁柯再度大喊著，他連忙從桌子的抽屜裡拿出紙和筆，把這兩位烘焙冠軍媽咪的名字給寫下來。

「有，他說沒想到冠軍媽咪姚淑芳是從事忙碌的記者工作，竟然還有時間可以去上烘焙教室。她和她的好夥伴梁玫，兩個人就是在彰化烘焙教室認識的。」

「你有李威森的電話嗎？」丁柯問。

「沒有，但是我有蔡明哲的LINE。」說著，莊炫博開始點選手機裡的LINE圖示，發訊息給蔡明哲，「我現在馬上LINE他，問李威森的電話。」

「你為什麼要問李威森的電話呀？我們現在幾乎百分之百可以確定這個姚淑芳一定就是他的小阿姨，除非其他組的媽媽也有人是在當記者的。」

「因為我還有別的事情要透過李威森去跟他阿姨確認……。你難道沒有發現這位梁玫媽媽的嘴唇，很像莊可菲，兩個人的都很突出？」丁柯說著，眼睛望向遠方。

第三部

曙光初現

一月十九日星期一早上

1

星期一一大早，六年四班的劉武雄老師就在罵一個經常遲到、現在才進門的同學。

「你自己說，你這個月遲到幾次了？每次都拖拖拉拉的，你知道現在幾點了嗎？」

「八點十分。」莊炫博提著書包，狼狽地站在講台前面、低著頭，全班對他投以同情的眼光。

「你不只今天遲到，上週一和上週四也遲到，你是有選日子固定遲到，是不是？」
劉武雄老師生氣地開罵著，全場鴉雀無聲。
「不是。」莊炫博的頭低得不能再低了。
「回座，上課！」

鐘響下課後，丁柯立即過去安慰這個被罵到鬱卒的莊炫博。
「實在有夠衰的，每次遲到的第一節課就是班導的課。兇巴巴的……」再度遲到的莊炫博鬱悶地抱怨著。「我都很早起呀，是我媽，她每次都拖拖拉拉，每逢週一與週四，她都會比較晚起床，因為週三與週日她都會忙到很晚才睡。其實真正拖拖拉拉的人是我媽，不是我。我今天回家一定要跟她說，班導在罵了，不能再遲到了。」
「我建議你直接請你媽媽打電話給班導，事先講，這樣你就不會被罵了。先別管這個事情了，我有個重要的線索要問你。」丁柯拉開椅子，在莊炫博前面的位置坐下。

「喔，是關於什麼重要的線索？」莊炫博問，他的臉還是很臭。

「剛剛你一進門的時候，導的說你上週一與上週四也遲到，令我突然想到上週四好像是一個重要的日子。後來，我終於想起來，那一天就是四年八班他們在一樓公用的大垃圾桶裡找到何宜慧手機的紅色橡皮套碎片的日子。」丁柯說。

「是呀，而且星期一也是何宜慧手機遺失的日子，那然後呢？」

「因為我們進學校，一定會經過那個橘色大垃圾桶，才上到三樓來，所以，你有沒有印象，上星期四，當你走進學校或是要上來的時候，你有看到任何人嗎？那個大家都在教室裡面的時間，如果還有看到其他人在教室外面走動的話，應該會很明顯。」

「我應該沒注意，就跟今天一樣，我只記得當時我要趕快上樓來，以免會被罵得更慘。」

「你再仔細回想一下，說不定你有可能看到偷何宜慧手機的兇手或幫兇。」

此時的莊炫博突然陷入一陣沉思，開始認真回想著。

「恩，上星期四那天，我媽載我到校門口，我很緊張，因為我跟我妹下車的時候已經快七點四十幾分了。我們兩個用跑的狂奔到這一棟樓來，我妹一直喊著：『完蛋了，今天又遲到了！』在我們跑的時候，我妹喊著：『後面竟然還有一個人是比我們更晚到的。』，我快速回頭瞥了一眼，有個男同學手裡拿著一個大信封，已經遲到了，他卻還慢吞吞地在我們後面用走的。我們越往前跑，就離他越遠。」

「恩，很好，繼續想，後來呢？」丁柯鼓勵著。

「後來，我們也跑累了，終於快到這棟大樓，我們就開始變成用走的。啊，天呀！」

「怎麼啦？」丁柯被莊炫博突然拍桌子又大叫一聲給嚇到。

「我想起來了！在我們上樓梯的時候，我的鞋帶掉了，我彎下去綁，我妹先走上樓。在我起身之後，看到那個慢吞吞的男同學正走去那個大垃圾桶，他的手裡一直都拿著一個大信封，裡面不知裝什麼東西。在我走上樓時，我斜眼看到，他把信封裡的東西倒進去垃圾桶，而且倒的時候還鬼鬼祟祟地四處左右張望。」

「炫博，那個大信封裡面裝著的就是手機殼的碎片與SIM卡，你看到幫兇了！那他是幾年幾班的？或是，你有在哪一樓看過他嗎？」丁柯眼睛亮了起來，抓著莊炫博的手臂大喊著。

「他是……，我知道他的樣子，你也看過的。」莊炫博著急地上下搖動著手。

「喔，我也看過的？」丁柯挑著眉毛問道。

「我如果看到他，我會認得他。可是，我說不出來他是哪一班的，這該要怎麼形容呢？」莊炫博越發著急地猛敲著書桌，桌子發出

「叩、叩、叩」的聲音。

「高？矮？胖？瘦？」丁柯問。

「矮的、瘦的，他就是、他就是……，該怎麼說呢？你記不記得，每次我們去找我妹妹的時候，都會有一個男生也出現在五年一班門口，他就是那個、那個——」

「那個四年級的男生！」兩個人心有靈犀地一起說出這個答案。

2

下課時間，太陽很大，王佳佳與趙柏含兩個人相約在操場附近邊走邊聊天。

「你們班許冠美今天還沒回來上課呀？」王佳佳問。

「還沒回來，不過，聽說她下午就會來上課了。」趙柏含答。

「那這樣聽起來她應該沒什麼大礙了，你們也是好朋友，你應該替她高興吧？」王佳佳拉著趙柏含的手問道。

「還好耶，沒什麼感覺。」說這句話的時候，趙柏含用右腳踢了一顆小石頭，那顆石頭往前滾了好幾圈，看起來像是趙柏含不希望許冠美回來上學的樣子。

「我覺得你們班上的同學英文都好強喔，像許冠美，她已經升到第七級，然後，莊可菲，她已經升到第八級，而且，聽卓老師說她們在『帝境美語』班的成績都是第一名，真是超強的！」當王佳佳這麼說的時候，趙柏含把原本牽著王佳佳的手給放開。趙柏含的臉上出現一種很複雜的表情，最後轉為略顯不悅。

「其實許冠美都只會死背，你只要問她不一樣的題目，她就不會舉一反三。然後，莊可菲是因為她比較早學，她從幼稚園就開始補美語，可是，卓老師說她的聽力和發音比較弱，她只是用寫的部分比較強而已。」趙柏含停下腳步，反駁道。

丁柯與莊炫博他們一到下課就迫不及待地衝到五年一班要找莊芝寶問清楚那個四年級的男生是誰。由於這個手機偷竊案全校都知道，所以他們不怕莊芝寶會去廣播；莊芝寶表示，那個經常來她們班的男生叫做呂忠林，他是四年七班的。

「那他最常來找的人是誰呢？」丁柯問。

「施秀瑩。」莊芝寶馬上回答。

「你等一下。」說到一半，丁柯把莊炫博拉到旁邊去，兩人竊竊私語討論手機偷竊案的共犯人數可能又多加了一個；所以，他們決定讓莊芝寶去找施秀瑩出來，要跟她探探口風。被莊芝寶叫出來的施秀瑩，面對眼前的這兩位學長，感到有點不知所措。

「請問是要問我什麼事情嗎？」施秀瑩一臉疑惑地問，她帶著一副紅色眼鏡，綁著馬尾，但頭髮有些散亂，有些頭髮沒有綁好。

「不好意思，我們正在調查四年八班何宜慧手機遺失的案子，有幾個問題想要問你。」此時的丁柯，就像是個小刑警，直接開門見山地問，完全不擔心這樣的問題會嚇跑她。

「啊？」施秀瑩的臉頓時漲紅，滿臉地震驚與錯愕，而不是故作鎮靜或是更加疑惑。

「事實上我們已經掌握了一些證據，所以，請你最好可以據實以告，不然，我只能請訓導主任出面來問了。」

「喔，不用，不用。你們想問什麼？我知道的，一定會說。」施秀瑩害怕地回應著。

「你跟四年七班的呂忠林是怎麼認識的？為什麼他經常來找你？」

「因為我們在『帝境美語』是念同一個級數，是在那裡認識的，所以他會經常來找我。」

「那呂忠林是否很會玩手機，對手機的設定與遊戲程式很了解？」丁柯突然拋出了一個與美語班沒有關係的奇怪問題。

「恩，對。因為他自己有一台平板，他很喜歡滑，裡面有些應用程式與遊戲跟手機的一樣，所以，他很熟。」施秀瑩大方地表示。

「那妳是否知道任何有關何宜慧手機丟掉的相關資訊呢？」丁柯再追問著。

「不，我不知道，我什麼都不知道，拜託你們不要問我。」施秀瑩突然慌亂地摀起耳朵。見狀的丁柯與莊炫博，認為如果繼續問下去，她可能會變得逐漸歇斯底里起來。

「那好吧，請你放輕鬆，我們不會再問你任何問題了。不過，想要麻煩妳去轉告呂忠林一件很重要的事情。因為我們擔心，如果我們直接去問他，他當下會說不出話來，而他跟你在美語班很要好，所以，由你去轉告他會最恰當，起碼這樣他就會有心理準備。」丁柯說。

「恩。」聽到不被繼續追問以後，施秀瑩這才稍微平靜下來，她點頭表示願意，但臉色仍十分難看。

「我們是六年四班的學長，在上星期四的早上，我們親眼看到他把何宜慧手機套的碎片倒進大垃圾桶裡；而那些紅色碎片已經被撿起來，並重新組裝黏貼成何宜慧原本的手機套；目前手機套與SIM卡都在訓導主任那裡了。請他在儘速來六年四班跟我們坦承一切，為什麼何宜慧的手機套會在他手裡？如果他三天內沒來的話，我就會請訓導主任幫忙調查喔。」丁柯語帶威脅地明示著。

「恩，好的，我知道了，我一定會跟他說的。」聽到要告訴訓導主任，施秀瑩馬上緊張地猛點頭再三保證。接著，在確定完已無其他的問題以後，施秀瑩轉頭走進去教室，她的表情就像是考試作弊被老師給當場捉到一般地膽怯與慌張。

「然後，芝寶，再麻煩妳幫我現在進去問一下莊可菲。如果我猜得沒錯的話，他的媽媽是叫作梁玫，她媽媽上週五有去參加一個電視節目的烘焙比賽，還得到烘焙比賽冠軍，上週六下午有重播。」丁柯對著莊芝寶說。

不等丁柯話畢，莊芝寶馬上就衝進去教室大喊著莊可菲名字，問她媽媽是否是叫作梁玫，並大聲廣播她媽媽有去參加電視烘焙比賽。丁柯與莊炫博兩人在教室的窗戶外就看到——莊可菲不但大聲承認，而且很驚訝莊芝寶怎麼會知道這件事。

「你是故意要讓我妹進去大聲廣播的，是不是？」莊炫博笑著說。

「沒錯，所有事情只要告訴妳妹，她就會去廣播給全世界知道，這種個性有時候也會是對案情進展的一個正向刺激。」丁柯微笑答道。

「我們已經得到答案了，趕緊閃吧，不然你妹妹出來肯定會有一連串問題拋過來。」

丁柯話畢，兩個人滿意與快速地離開五年一班，往樓梯的方向走去。

「莊可菲的媽媽果然就是梁玫，感謝他們的嘴唇如出一轍。」莊炫博邊走邊說道。

「現在我可以推論，關於那個健康調查，是誰在背後出錢，以及是誰在整李威森的了。這個案子已經快要接近尾聲，我有機會再跟你解釋。接下來，是手機竊盜的案子，我猜呂忠林應該只是幫兇，真正的主謀，我還需要何宜慧的協助；我們下午得去四年八班一趟。無論如何，我已經有把握，我們今天晚上六點半就可以宣布破案了，所以，你要陪我一起去美語班喔。」丁柯很有把握地表示。

「那是當然的，我絕對不想錯過這歷史性的一刻，我一定會與你同在的。」

一月十九日星期一下午

1

「許冠美?!」

下午第一節下課，許冠美貼著紗布來到五年一班的教室，幾個同學們一看到她就大喊著她的名字。

「你還好吧？」坐在她附近的同學廖雨萱關心地問。

「傷口現在還會痛嗎？」另一個同學林莉雅接著問。

「還好，只是覺得傷口有點癢而已，沒什麼大問題了。」冠美放下書包，不慌不忙地坐下，有好幾個同學都圍過來關心她。

「那你應該可以去參加這個星期六的英文朗讀比賽囉？」莊可菲問，她這個問題似乎是故意問給原本會上場去代打的趙柏含聽的。

「當然可以呀，我只是傷到眉毛，又沒有傷到喉嚨和大腦。」許冠美不服輸地表示。

「冠美回來囉！現在一切都正常了吧？」剛進教室門的班導師蘇麗英，對著此時被週圍同學包圍的許冠美關心地問道。

「都正常了！」許冠美精神百倍地對著蘇麗英老師回答。

「你們年輕，復原都很快，相信沒多久，你就可以把紗布拿下了。」蘇麗英老師鼓勵著說。

「老師，那所以，這個週六的英文朗讀比賽，還是派許冠美去囉？」與許冠美同為三朵花之一的莊可菲別有用意地向蘇老師提問。

「對呀。之前有說，如果冠美傷勢還很嚴重的話，就會需要有人上場代打。不過，現在冠美回來了，那就維持還是她去。」蘇麗英老師點頭，微笑著表示。

「這樣，趙柏含你就不用去代打了。」莊可菲轉頭對著趙柏含勝利地表示。許冠美參賽、趙柏含不用代打這件事情對莊可菲來說是個好消息，因為這樣三朵花中的莊可菲就可以繼續保有「雙項比賽冠軍」這美名頭銜的唯一，趙柏含和許冠美都只有拿到單項比賽的冠軍而已。

「我知道，不用你雞婆提醒。」趙柏含沒好氣地回答。她神情落寞地坐在自己的座位上，手裡拿著一支筆，無意識地塗鴉著；班上其他人則是在關心或討論冠美的傷勢，當中唯一例外的是莊芝寶，她跑出教室去。身為廣播電台的她，再也無法忍受心中疑問，她一定要到三樓來找她的哥哥問個清楚明白不可。

「哥，你們那個手機偷竊案進展到哪了？跟我美語同班的王佳佳，她早上的時候有跑來問我，她說他們四年八班的都很關心這個案子耶。」莊芝寶一見到莊炫博馬上劈頭就問，莊炫博與身旁正在微笑的丁柯迅速交換了一下眼神。莊炫博心中推論，八成是他們今天早上去五年一班和施秀瑩講完那番話後，手機偷竊案的組員開始展開他們的小組會議，然後推派王佳佳去跟莊芝寶探口風。

「這是機密，不能洩漏。我只能告訴你，等明天早上你就會知道真相了。」莊炫博說。

「明天早上？恩，好吧。那還有一個事情，我有問莊可菲關於麥當勞套餐的事，但是，不管我怎麼問，她就是不回答。反而，她後來一直問我是怎麼知道她媽媽名字的，我只好騙她說，因為我曾經看過她的聯絡簿裡她媽媽蓋的印章；不過這確實也是，只是我看過就忘了。所以，到底為什麼你們班暗戀莊可菲的那個同學要瞭解到這麼透徹呀？你們又是怎麼知道莊可菲媽媽的名字呢？」莊芝寶搬出心中壓抑許久的兩個不解疑問。

「我們也是從我們同學那邊得知的，至於他是怎麼去查的，這我們就不知道了。應該是愛情的力量吧！」丁柯編了一個讓莊芝寶覺得非常合情合理的理由，巧妙避開莊可菲名字的推論。莊之寶眼睛轉著，陷入一陣思考。

「對了，你來得正好，我想確認一下，呂忠林和施秀瑩也跟你們一樣都是在『帝境美語』同一個級數嗎？」丁柯接著問道。

「喔，不是喔，我美語班跟秀瑩他們是不同班，秀瑩是和呂忠林同班，他們都是第七級班。」

「什麼？那這樣的話，呂忠林跟你們班上的趙柏含就不熟囉？」丁柯驚訝到。

「我們班的趙柏含？四年七班的呂忠林為什麼會跟我們班的趙柏含熟呀？而且，趙柏含和我一樣是上第五級，呂忠林是上第七級的，這兩個美語班級是上不同天，他們應該不認識吧。」莊芝寶歪著頭、皺著眉頭不解地表示。

「天呀，他們兩人竟然彼此不認識？」莊炫博與丁柯同時驚呼道。那兇手就不可能是趙柏含了，他們先前推論錯方向了。

「那你們班的同學中，你知道還有誰也是上『帝境美語』第七級班的嗎？」莊炫博問。

「知道呀，我們五年一班有上第七級班是許冠美、施秀瑩還有一個男生林俊廷，總共三個人。而且呂忠林和我們班的施秀瑩、許冠美感情都很好，呂忠林常常跑來找施秀瑩。」

「天呀，那……」丁柯後面的話沒說下去，他望著莊炫博，兩個人很有默契地用眼神看著彼此，知道兇手是另有他人。

2

下午第二節下課時，我看到丁柯與莊炫博二位學長來我們教室門口，他們把我和何宜慧一起找了出去。我們共同回答他們的第一個問題答案是——「沒有，王佳佳上週四沒有遲到，因為我們班都沒人遲到，大家上課都很準時。」接著，丁柯學長告訴何宜慧，他們今天晚上就會要兇手現出原形，但是，需要她的三星帳號與密碼。何宜慧很快地就在一張紙上寫下一個信箱和一組密碼，然後交給丁柯學長；我發現何宜慧寫字很快，比她說話快很多。在何宜慧進教室之後，丁柯學長跟我說了一個我無法置信也無法想像的事情，我覺得霹靂無比震撼。

「但是，這怎麼可能呢？我的小阿姨怎麼可能是主謀，她怎麼會來整我呢？」我搖著頭說，我完全無法相信這種事情。

「她沒整你，只是後來卻演變成像是在整你。我知道你肯定不會相信，所以，我寫了一封信，你幫我交給你的小阿姨之後，她應該就會跟你說明清楚的。」丁柯學長說。

「拿信給我的小阿姨？可是，我媽咪昨天回國，我現在已經沒住在小阿姨家了。」我說。

「那，你有她的手機嗎？不如我直接發簡訊給她。」在丁柯學長如是表示下，我連忙在紙上寫了小阿姨的手機給學長他們。

「我等一下就會發簡訊給她，案子就算結束。你直接問她，她會告訴你真相的；這是你們的家務事，後續我們就不介入了。」這是丁柯學長說的最後一句話。

我的心情很複雜，就像是同時吃進去酸、甜、苦、辣四種不同味道的食物那樣。接著，兩位學長約好，他們說他們放學後就要直接去「帝境美語」；丁柯學長還要莊炫博學長把他媽媽的筆記型電腦也帶去；丁柯學長信心滿滿地表示他們兩人今晚就要活逮偷何宜慧手機的兇手，兩個案子都會在今晚揭曉。我始終哭笑不得，不知道該怎麼反應。

3

（一月十九日星期一傍晚）

放學後，丁柯與莊炫博兩個人已來到「帝境美語」二樓的某間教室裡面，他們兩人都是跟自己的媽媽暫時借一下筆記型電腦與外接式的無線網卡，要上網用。此時，丁柯的筆記型電腦出現「登入三星帳號」、「尋找我的手機」的網頁畫面，而莊炫博正在啟動電腦，他的電腦是作為備用，以防萬一。他們在電腦上，利用何宜慧的帳號與密碼登入她的三星帳號，然後，他們就可以順利進行畫面上所顯示的三個功能：一、從遺失的裝置匯入裝置資訊，二、如果遺失裝置，可以再找到；三、保護儲存在裝置上的資訊。他們現在正在進行第一點，也就是從目前在小偷手裡的那台手機匯入資訊到丁柯的筆記型電腦裡面。

「我知道你現在心中一定有很多的疑問，但是，一切就等我們捉住兇手之後，我再慢慢跟你解釋。」丁柯認真地看著電腦說著。

「我們認識這麼久了，我還不了解你嗎？放心，我相信你的判斷。」

「炫博，你真是我的好朋友兼好幫手。」

「那我們要在這裡等兩個小時？」莊炫博問。

「沒辦法，這是最好的辦法。因為我們今天沒有美語課，如果我們不先來這間教室佔位置，等到五點，我們再進來時，樓下的主任肯定不會讓我們進來。而且，我們得提早來這裡準備與研究。等一下，當他們下課在玩手機的時候，我們就發一封系統簡訊到那台手機去。這種系統簡訊和需要手機號碼去發的那種手機簡訊不一樣，差別是——我們不需要手機號碼就可以發簡訊到小偷的手機；相同的是——發送到手機的簡訊，不論是透過怎樣的方式發送，都會使手機發出聲響。然後，我們就可以把他們逮個正著，約她們六點半來歸還手機。他們絕對不會希望卓老師或學校知道這件醜陋的事情，所以，他們只能選擇下樓來找我們這一條路。」丁柯說出他的計畫。

「哇，天呀，丁柯，這真是酷斃了耶！」莊炫博拍手稱讚道。

「沒錯！現在，我來跟你聊聊我所推測的手機偷竊經過，然後，你來加入意見，好不好？」丁柯微笑地接受莊炫博的恭維，並要跟他分享他的推理經過。

「好呀，我最喜歡聽的就是這個部分。」

「在說明犯罪過程之前，我先來釐清幾個問題與說明重要假設。第一，因為當時五年一班與四年八班教室裡面都有人，所以，要在四年八班的走廊上成功偷竊手機，必須有人幫忙把風，並且兇手成員一定要有五年一班的人才行，因為當天四年八班的所有書包裡都沒有找到何宜慧的手機。第二，上週四早上，你親眼看到呂忠林拿著一個信封袋、走去大垃圾桶去倒垃圾，所以，很確定四年七班的呂忠林是兇手團的好友，他是代為處理贓物。而他，絕對不是那個把風的幫兇，也不會是主謀，因為那個時間，四年七班全體正上音樂課，根本就不在教室裡面。第三，我們一開始誤會主謀是五年一班的趙柏含，而幫兇是王佳佳，原因是李威森認為何宜慧在班上是跟王佳佳最好，並且他們三人美語同班，然後，王佳佳又與趙柏含在美語班最要好，最重要的是，她們很喜歡在美語班下課時玩何宜慧的手機，所以，我們會作如是聯想。但是，因為幫忙處理贓物的呂忠林並不認識五年一班的趙柏含，並且他和何宜慧與趙柏含念的是不同美語級數，他是第七級，所以，由這點就可以排除趙柏含涉案的可能性；因為不管趙柏含是兇手或幫兇，她都必須和呂忠林友好，這樣才可能放心地直接或間接地委託他去處理贓物。第四，呂忠林、施秀瑩與許冠美三人同是念美語第七級，並且三個人的感情很要好。而我們去問施秀瑩時，她很緊張與慌張，表示她一定或多或少有參與這件事情，而她的反應情況比較像是幫兇，不是主謀，那麼，這樣最可能的主謀就是許冠美了。假設前面幾點都無誤，那麼，我們就可以接著大膽地來推論犯罪過程。上星期一的最後一節課，四年八班因為要大掃除，所以，他們把書包拿出來走廊上面放置。四年七班是音樂課，教室裡面沒有人；而五年一班是體育課，但是，他們全體到操場之後，一直等不到體育老師，後來，被他們班導師給找回去。五年一班同學回教室的時間，碰巧就是四年八班他們放完書包、在教室裡面搬桌椅的時間，也就是說，那個時候的走廊是處於沒有人的空檔，唯有那個時間是小偷可以去下手的。剛從操場要回教室的許冠美，看到隔壁的四年八班走廊上有許多書包，並且書包有吊牌，上面有名字，很容易就可以找到何宜慧的書包，她興起了偷手機或借手機來玩的念頭。許冠美要施秀瑩掩護她，幫她把風，然後，許冠美就快速地去四年八班的走廊上拿了手機，放進自己的口袋，接著，她和施秀瑩兩人裝作若無其事地走進五年一班去。當天晚上，因為她們都要去美語班補習，所以沒有人有辦法馬上處理證據。許冠美可能是在拔下手機套與SIM卡後，隔天把贓物交給呂忠林去代為處理；或是，許冠美把贓物交給了施秀瑩去代為處理，而施秀瑩則把它們交給了呂忠林。呂忠林也很可能是不清楚那是什麼樣的來源，可能是認為那只是要剪碎與丟掉的討人厭的東西，也可能只知其一，不知其二，不管如何，因為他跟施秀瑩與許冠美都很要好，所以，他很樂意幫忙。最後，就是上星期四早上，他在倒贓物時，被你看見，這就是整個案子經過。等一下，我們從筆記型電腦發出送到何宜慧手機的簡訊與鈴響，就可以證明這一切經過了。」

「過程聽起來是有理，但是，令我訝異的是，為什麼身為三朵花的許冠美要去偷隔壁班學妹的手機呢？」莊炫博提出心中疑問。

「你還記得當許冠美受傷時，李威森曾告訴我們什麼嗎？他說許冠美的爸爸是某學校的訓導主任，而媽媽是某醫院的護理長，可以想見許冠美爸媽的教育應該很嚴格。如果我猜得沒錯，應是她爸媽不讓她玩手機，也不給她買手機，所以，她一直想要去偷，或者可能是想暫時偷借別人的手機來玩。她如果去偷同班同學的，會很容易就被指認那台是某某同學的，如果偷隔壁班的，就不會有這種困擾。我們原本以為只有美語班的同學才會知道何宜慧手機，但是，我們卻忽略了一個重點：四年八班只有何宜慧一個人有智慧型手機。四年八班同學們經常在走廊上輪流玩何宜慧的手機，所以，在何宜慧的隔壁班的許冠美，很容易就可以得知那台三星手機是何宜慧的。也可以想見，她想偷何宜慧的手機，是想很久了，所以，她才會把握住上星期一的那個下手的大好時機。」

4

（一月十九日星期一下午五點半）

下午五點半的下課時間到了，「帝境美語」第七級教室裡的許冠美、呂忠林與施秀瑩馬上聚在一起，許冠美拿著一台手機，在教室的一個角落裡坐下來，準備和他們兩人一起輪流玩著。此時，卓老師與班上的其他人都出去外面，只剩下他們三個人在教室裡。

「秀瑩，你剛才說學長跟你講，他們有看到我去倒那個手機套的碎片，要我去跟他們坦承一切，那我是要坦承什麼呀？你們不是說，那個手機套與SIM卡是一個暗戀許冠美的臭男生送的，所以，要我去把它剪碎丟掉嗎？」呂忠林一頭霧水地問著施秀瑩，一旁的許冠美按著施秀瑩的手，不讓她回答。正當許冠美要開口說話的時候，她的手機螢幕突然發出「嗶！嗶！」的聲響，接著，出現一則令全場震撼的系統簡訊：

「我們知道你是誰，也知道這是何宜慧的手機。晚上六點半下課後請到二樓來歸還手機，一切可不予追究。如不從，將送學校訓導處並報警處理。」

這則短短二行的簡訊，嚇到了此時拿著手機的許冠美，她的手與全身都不自覺地發抖著，她本以為學長他們只是看到呂忠林倒手機碎片而已，沒想到他們竟然可以連線追到這台手機上來。一旁看到的呂忠林與施秀瑩則是呈現不同型態的恐慌。

「天呀，這簡訊……？這支手機竟然是學校訓導主任一直在廣播的那個何宜慧的?!那、那、那個手機殼不就是……」呂忠林看著手機螢幕上的字，話才說到一半，他就用手摀著眼睛，接著拍著額頭，「吼！我實在是被你們兩個人給害死了！」

「我死定了，」施秀瑩眼淚狂流地說，「我回家一定會被打死的。」

「你們先別急，我們等放學就去還手機。現在我們趕快打電話回家，說會晚點放學，不然到時候家長來接，可是我們卻還走不了，就慘了。」許冠美站起來，鎮靜地說。

「這件事情跟我沒關係喔，你們自己要跟學長說清楚，我根本就不知道這手機……」呂忠林邊跳邊大聲狂吼著。

「知道了！現在趕快去打電話吧！」許冠美看到即將走進門的卓老師，冷靜地說。

（在「帝境美語」二樓教室）

「你猜他們看到簡訊會是怎樣的反應？」丁柯說。

「肯定嚇得半死。」莊炫博笑著。

「他們逃不掉，我們等著六點半時接受他們的道歉，然後把手機拿給何宜慧。我已跟何宜慧約好，我們七點會在樓下見面。」丁柯說。

「你真是太強了，一切都在你的掌握之中。」

「偷手機這種事情，唯有當場拿著那台手機，根據手機裡面的序號，才能逼許冠美在大家面前承認那是偷來的，但這難度太高，而且也有損五年一班三朵花的名聲。其實就只是昨天，我問我爸爸，要怎麼樣可以找回遺失的手機，他告訴我多數大廠牌的手機都有『尋找我的手機』的這個功能。所幸有這個功能，讓我們不費吹灰之力就可以活逮兇手。」

到了六點半，額頭還貼著新紗布的許冠美、施秀瑩與呂忠林三人果真如丁柯預期地走下樓來，許冠美把手機交給丁柯。一切果真如丁柯所猜測的，許冠美是因為家裡都不讓她玩手機與電腦，也沒有買手機，所以，她才會想暫時偷隔壁班何宜慧的手機來玩。她深深地知錯與道歉，並保證不會再犯；至於施秀瑩，她只是基於友情立場的把風幫兇；而呂忠林則是在不知情的情況下去幫忙處理手機套與SIM卡的。當時，施秀瑩是跟他說，這是一個很討人厭的暗戀者送給許冠美的手機套與SIM卡，所以，要他幫忙剪碎後去丟棄在學校的大垃圾桶裡，但不要被人家看到。他們三人之中，因為兩個女生家裡都管得很嚴，每天都很準時上學，所以，丟棄贓物的這件事情就成了呂忠林的工作。兩個女生哭得唏哩嘩啦，並苦苦哀求別讓任何人知道這件情；許冠美更表示，如果被她爸媽知道的話，她就不用活了。由於許冠美剛被棒球打傷，加上她也已道歉認錯並歸還手機，所以丁柯與莊炫博決定幫他們保密。最後，丁柯與莊炫博兩人下樓後把手機交給早已在樓下等候的何宜慧，她就住在附近，是媽媽專程載她過來的。丁柯並沒有告訴她們真相，只提到整起手機偷竊案已圓滿落幕，希望她們可以不要再追究。

真相

1

「現在有時間了，你可以告訴我，你是怎麼推敲出李威森的小阿姨就是主謀的嗎？」莊炫博問。

「一開始聽到李威森的案子時，我就懷疑為何主辦活動單位要特別選擇李威森，似乎是李威森晚半小時走，值得他們花幾百元的代價來換取，也就是說，李威森晚些下課這件事情對她們來說很重要。而李威森是一個四年級學生，又是獨生子，上週因為他母親出國，所以，他是借住在小阿姨家。那這樣，他晚些回家對任何人並不會有任何好處或影響，唯一會有影響的，就是必須來接他的小阿姨姚淑芳而已。所以，我當時就在思考，會有什麼事情必須讓姚淑芳阿姨晚半小時來接他？比較奇怪的是，小阿姨為何不直接跟李威森講呢？畢竟，她只需要告訴李威森，她會晚些去接他，問題不就解決了嗎？另外，活動是莊可菲去跟李威森說的，麥當勞套餐卻是莊可菲媽媽梁玫去買的，所以，我就在想，梁玫阿姨跟姚淑芳阿姨，他們倆個人一定有認識，這中間一定有我們所不知道的原因與隱情。後來，我們無意間從李威森口中知道了那個烘焙比賽，得知李威森的小阿姨叫作姚淑芳，並從嘴唇的辨識度猜測梁玫阿姨就是莊可菲的媽媽，所以，這答案已經很明顯，關於麥當勞活動，姚淑芳阿姨、梁玫阿姨與莊可菲，他們三人一定都有參與策劃。只是，關於小阿姨不直接跟李威森講的原因，這一點，就只能由她自己說，我們才能得知。」

「恩，李威森的小阿姨肯定是有所苦衷，那，為什麼後來要突然中斷健康調查活動呢？」

「那就是，小阿姨已經不再需要那半個小時的時間去從事某件事情了。我認為應該是因為那兩週電視比賽有初賽與複賽，姚淑芳阿姨需要於烘焙教室加強密集練習的關係。由於姚淑芳與梁玫阿姨他們兩人都要參賽，是同一組的夥伴，所以，為了比賽，梁玫阿姨與莊可菲一定會幫忙姚淑芳阿姨。你還記得我們看電視時，電視節目主持人有說『她們已經通過初賽和複賽』嗎?!這表示她們前面兩週就是在忙著練習與比賽；後來她們通過複賽了，也可能是她們的烘焙課準備已經很足夠，小阿姨自然就可以準時去載李威森，李威森也就不用再晚走半小時，因此，他們讓莊可菲用電腦打了一封信給李威森告知活動結束；但，卻也因此，讓李威森覺得他被整，這大概也是這活動的缺點之一吧。這整個活動的設計，應是由他們三個人一起討論與設計出來的。第一個重點，一定要讓李威森會心動，並且會參加。因為李威森的貪吃是眾所皆知，所以，他們設計參加活動會送麥當勞套餐，並且會一直持續到寒假前，刺激他高度參與的慾望。第二個重點，活動企圖不能表現太明顯，這樣才能像是真的有這個活動，但條件卻又不能太嚴苛，否則李威森會無法通過測驗，所以，他們設計的進入門檻是——通過體能測驗。只是，她們萬萬沒想到這活動會讓李威森因此而被同學恥笑、沒有想到會讓李威森惹上偷竊手機的重大嫌疑，更沒想到活動中斷後，他覺得自己被人給惡整。」

「你覺得我們要跟李威森講這些經過嗎？」莊炫博問。

「不用。就讓李威森與小阿姨增進互動與感情吧！李威森知道的肯定會比我們多更多，小阿姨會告訴他真相——她不直接說會晚半小時去接他，而要設計活動讓他被誤會、被嘲笑、覺得被整——這背後另有真正理由。如果要知道整個故事，我們還得去問他才會知道呢！」

2

（一月十九日星期一晚上）

小阿姨今晚來我家，我就知道！早在丁柯學長說他已經發簡訊給小阿姨時，我就一直期待，今天晚上回家之後，會看到小阿姨。

「威森，我親愛的小威森，來，小阿姨抱一下！小阿姨對不起你，害你被笑，被誤會了。好可憐——」小阿姨把我摟在懷中，她拍了我幾下，心疼地說。

「小阿姨，沒關係。」我說。

當丁柯學長他們告訴我小阿姨是祕密任務主謀的時候，我無法相信也無法想像，但我並沒有生小阿姨的氣。我想過，就算她真的是主謀，我也不會生她的氣，我怎麼可能會生對我這麼好的小阿姨的氣呢？但，我很想知道這背後的理由究竟是為什麼，我相信小阿姨會有個霹靂合情又合理的解釋。

「因為是我答應要好好照顧你，你媽咪才安心出國去受訓的；如果她人還在飛機上或是才剛到美國，我就告訴她這種事情，以她的個性，她絕對會放不下心，又趕回來的。所以，設計這活動會是最兩全其美的辦法。顧到你，也顧到你媽咪。」小阿姨如此解釋。

我媽咪是在一家美商公司從事美術設計的工作，不過，在我看來，她是一個夢幻型的家庭主婦，她很以家庭為重，只要我或是我爸爸有任何需要，她就會選擇跟公司請假。

她的總公司希望她要找時間到美國接受短期教育訓練，但是，因為她始終放心不下我，所以，這件出國受訓的事情，就這樣擱置了兩年。常聽媽咪說，他們美商公司很注重教育訓練，我聽得出來，她很想出差去，但，偏偏她又放心不下我，所以，她把自己困住，經常愁眉苦臉。去年暑假時，小阿姨就跟我媽咪再三保證會好好照顧我，要我媽咪安心地回美國總公司去短期受訓，但我媽咪還是需要考慮，沒有人知道她到底是在煩惱什麼或是需要考慮什麼，總之，最後，她考慮了快要半年，終於下定決心要出國去受訓。沒想到，就在我媽咪出國後的隔天，小阿姨的烘焙老師告訴她，彰化隊已經報名要參加「烘焙媽咪電視大賽」，而代表彰化隊要去參賽的人就是小阿姨與梁玫阿姨，她們每天至少要多練習一個小時，換不同主題與風格，並試味道。當時這比賽消息來得太突然，小阿姨甚至要放棄參賽。小阿姨在電話中告訴梁玫阿姨，因為她要照顧我與接送我上下學的關係，所以，真的無法參賽；梁玫阿姨很失望，她在講電話的時候，莊可菲剛好在旁邊，她知道梁玫阿姨很想去比賽，所以，最後是莊可菲學姊先幫忙提出這個麥當勞套餐活動辦法的構想，然後，由他們三個人討論底定，才成功解決小阿姨晚半小時來接我放學的問題。

「原來如此。那你為什麼不跟我說呢？」在了解完整件事情的來龍去脈之後，我問。

「因為你太小了呀。」小阿姨摸摸我的頭說。

「可是我已經四年級了耶。」我嘟著嘴巴說。

「四年級還是太小呀，而且你長得又這麼可愛，如果被壞人給抓走，這可怎麼辦呢？小阿姨要怎麼再生出一個像你這麼可愛的李威森還給你媽咪呢？」小阿姨輕捏我的臉頰說。

小阿姨認為，她如果告訴我，我霹靂容易就會在越洋電話中不小心跟我媽咪說溜嘴，那我媽咪肯定會嚇出心臟病來的；她們都擔心，以我這麼貪玩的個性，那半小時的時間，不曉得會偷溜去那裡閒逛。

小阿姨、梁玫阿姨與莊可菲學姊討論，決定把我**定位在後門廁所前面半小時**，他們並一致認為這是最安全的辦法。

「因為那邊最靠近老師辦公室，廁所對面就是老師辦公室大樓的背面，然後，廁所進出人也多，小阿姨接送也方便。」小阿姨轉述莊可菲學姊的話。

當我媽咪聽到「定位在後門廁所前面半小時」這幾個字時，不知為何笑到飆淚，她一直笑，笑很久都沒有停；但，突有莫名感動的我卻一點也不生氣。因為我知道媽咪絕對不是在嘲笑我，她是在笑「這個辦法」。最後，我媽咪很感謝小阿姨的用心良苦，而我也不再覺得自己被整了，何況，今晚小阿姨還帶了我喜歡的薯條與炸雞給我。有這麼疼愛我的媽咪與小阿姨，我覺得自己真是霹靂幸福的；可以多吃到五加一次的麥當勞套餐，我就覺得更是霹靂黑皮的！

嘿嘿，霹靂幸福與黑皮！

兒童文學21　PG1471

丁柯小密探系列
——手機和麥當勞套餐之謎

作者／卓右晴
責任編輯／陳佳怡
圖文排版／周好靜
封面設計／蔡瑋筠
出版策劃／秀威少年
製作發行／秀威資訊科技股份有限公司
114 台北市內湖區瑞光路76巷65號1樓
電話：+886-2-2796-3638
傳真：+886-2-2796-1377
服務信箱：service@showwe.com.tw
http://www.showwe.com.tw

郵政劃撥／19563868
戶名：秀威資訊科技股份有限公司
展售門市／國家書店【松江門市】
104 台北市中山區松江路209號1樓
電話：+886-2-2518-0207
傳真：+886-2-2518-0778

網路訂購／秀威網路書店：http://www.bodbooks.com.tw
國家網路書店：http://www.govbooks.com.tw
法律顧問／毛國樑　律師

總經銷／聯寶國際文化事業有限公司
221新北市汐止區康寧街169巷27號8樓
電話：+886-2-2695-4083
傳真：+886-2-2695-4087

出版日期／2016年5月　BOD一版　**定價**／220元
ISBN／978-986-5731-50-2

秀威少年
SHOWWE YOUNG

國家圖書館出版品預行編目

丁柯小密探系列 : 手機和麥當勞套餐之謎 / 卓右晴著. -- 一版. -- 臺北市 : 秀威少年, 2016.05
面； 公分
BOD版
ISBN 978-986-5731-50-2(平裝)

859.6 105003823

讀者回函卡

感謝您購買本書，為提升服務品質，請填妥以下資料，將讀者回函卡直接寄回或傳真本公司，收到您的寶貴意見後，我們會收藏記錄及檢討，謝謝！如您需要了解本公司最新出版書目、購書優惠或企劃活動，歡迎您上網查詢或下載相關資料：http:// www.showwe.com.tw

您購買的書名：____________________

出生日期：________年________月________日

學歷：□高中（含）以下　□大專　□研究所（含）以上

職業：□製造業　□金融業　□資訊業　□軍警　□傳播業　□自由業

□服務業　□公務員　□教職　□學生　□家管　□其它_____

購書地點：□網路書店　□實體書店　□書展　□郵購　□贈閱　□其他

您從何得知本書的消息？

□網路書店　□實體書店　□網路搜尋　□電子報　□書訊　□雜誌

□傳播媒體　□親友推薦　□網站推薦　□部落格　□其他__________

您對本書的評價：（請填代號　1.非常滿意　2.滿意　3.尚可　4.再改進）

封面設計____　版面編排____　內容____　文／譯筆____　價格____

讀完書後您覺得：

□很有收穫　□有收穫　□收穫不多　□沒收穫

對我們的建議：____________________

____

____

____

請貼
郵票

11466
台北市內湖區瑞光路 76 巷 65 號 1 樓
秀威資訊科技股份有限公司 收
BOD 數位出版事業部

（請沿線對折寄回，謝謝！）

姓　　名：__________ 年齡：______ 性別：□女 □男

郵遞區號：□□□□□

地　　址：____________________

聯絡電話：(日) __________ (夜) __________

E-mail：____________________